此项目为安徽省哲学社会科学规划项目研究成果
（项目批准号：AHSKHQ2021D04）

Kafuka Wenxue De Fazhiguan Ji Dangdai Jiazhi

# 卡夫卡文学的法治观及当代价值

郝 燕 ◎ 著

时代出版传媒股份有限公司
安徽文艺出版社

图书在版编目（CIP）数据

卡夫卡文学的法治观及当代价值/郝燕著. —合肥：安徽文艺出版社,2023.10
　ISBN 978-7-5396-7763-7

Ⅰ.①卡… Ⅱ.①郝… Ⅲ.①卡夫卡(Kafka, Franz 1883-1924)－文学研究 Ⅳ.①I521.065

中国国家版本馆 CIP 数据核字(2023)第 071000 号

出 版 人：姚　巍
责任编辑：秦　雯　　　　　　　　　装帧设计：张诚鑫

出版发行：安徽文艺出版社　　www.awpub.com
地　　址：合肥市翡翠路 1118 号　邮政编码：230071
营 销 部：(0551)63533889
印　　制：安徽联众印刷有限公司　(0551)65661327

开本：880×1230　1/32　印张：5.75　字数：120 千字
版次：2023 年 10 月第 1 版
印次：2023 年 10 月第 1 次印刷
定价：32.00 元

(如发现印装质量问题，影响阅读，请与出版社联系调换)

版权所有，侵权必究

# 目录

序言 001

## 第一章 卡夫卡文学中的法律人形象
——基于《审判》与《城堡》的解读 001

### 第一节 名存实亡的法律人 006
一、《审判》中的法律人 006
二、《城堡》中的法律人 020

### 第二节 法律代理人 032
一、《审判》中的法律代理人 032
二、《城堡》中的法律代理人 059

## 第二章 《审判》蕴含的法治问题探究 080

### 第一节 《审判》折射出的法的形态 082
一、群众口中的法 083
二、"准司法人"口中的法 089
三、卡夫卡心中的法 092

## 第二节 《审判》中的解脱之路体现出的法的失效　102
一、法院画家的三种方案　102
二、教堂神甫的神圣方案　106
三、约瑟夫·K的理性方案　111

## 第三章　卡夫卡法治观的成因探究　116
### 第一节　作为法律人的经历　116
一、大学时代　117
二、从律师事务所到地方法院　127
三、在保险公司　129
四、身边的法律人　135
### 第二节　对法律爱恨交织的矛盾态度　141

## 第四章　卡夫卡法治观对我国法治现代化建设的启发　150

## 参考文献　169

# 序言

弗兰茨·卡夫卡(Franz Kafka,1883—1924)是奥地利小说家,西方现代主义文学的先驱,被誉为"作家中的作家"。人们对卡夫卡的作品有着无穷无尽的兴趣,自1936年由卡夫卡的终生好友、整理卡夫卡作品的犹太作家马克斯·布罗德(Max Brod,本书引用的著作中又译马克斯·勃罗德)主编的第一部6卷本《卡夫卡文集》出版以来,国际上研究卡夫卡的热潮至今未退。作为我们这个时代最伟大的现代主义者之一,卡夫卡在文学创作上的成就为世界所公认,且具有深远的影响力。20世纪80年代,法国《读书》杂志、西班牙《国家报》、德国《时代》周刊、英国《泰晤士报》、意大利《新闻报》曾联合举办"欧洲最伟大作家"评选活动,卡夫卡名列第五,仅排在莎士比亚、歌德、塞万提斯和但丁之后。

"法律文学"是卡夫卡文学创作的核心内容之一,我们仅从卡夫卡部分作品的标题就可以看出其与法律主题的直接相关性,如《审判》《判决》《在流放地》《法的门前》《新来的律师》《关于法律的问题》《辩护人》等。甚至有学者提出,"所有西方法律的论述都不过是弗兰茨·卡夫卡的注脚"①。与赫尔曼·梅尔维尔(Herman Melville)和查尔斯·狄更斯(Charles Dickens)等作家一样,卡夫卡在20世纪后半叶的法律和文学研究发展中起到了决定性的作用。如今,随着法律与文学运动的兴起,法律体系中越来越多的人认识到卡夫卡作品的重要性,他们从卡夫卡的法律文学中萃取法律哲学、法律理论,甚至法律事务技巧。有文献表明,卡夫卡的作品被广泛引用在有关家庭法、全球化、国际主义、批判性法律研究、法理学、移民、劳资关系的文章,以及司法意见书中。② 另有研究指出,自20世纪70年代中期以来,卡夫卡的名字出现在400多份由美国州法官和联邦法官撰写的意见书中。法官们借卡夫卡来批评官僚主义的荒谬、各种不公平的法律现象,甚至他们自己的同僚,并同情诉讼当事人。一些提到卡夫卡的法官煞费苦心地解释他们对卡夫卡的理解以及他的小说在案件中的应用,而另一些法官则发挥了相当大的创造力,将卡夫卡与其他文学人物[如英国著名小说家乔治·奥威尔(George Orwell)]联系起来,在他们的观点中将卡夫卡作为一个文学人物,或将特定案件的事实视为属于卡夫卡的虚构世界。③

卡夫卡不仅仅是一个法律从业者,而且事实上,他对当时席卷

---

① 博西格诺等:《法律之门》,邓子滨译,北京:华夏出版社,2017年版,第11页。

② P. J. Glen, "The Deconstruction and Reification of Law in Franz Kafka's 'Before the Law' and The Trial", *Southern California Interdisciplinary Law Journal*(2007),17(23):25—26.

③ Parker B. Potter, "Ordeal by Trial: Judicial References to the Nightmare World of Franz Kafka", *Pierce Law Review*(2005),3(2):195.

中欧的法律理论和法学思想的主要问题很有兴趣。卡夫卡把法律作为他小说的模板和规范基础,可以说,创作虚构文学作品的作家当中,没有人比卡夫卡对法律有更多要说的了。他有一个聪明的、逻辑性强和控制力强的法律头脑,他能从每一个可能的角度来看待问题,又能从不同的角度不断地创造新的情境来展示人性的挣扎。尽管有很多评论家拒绝相信卡夫卡的话,认为他关于法律、审判、判决、流放地、死刑处决等的故事是有其他含义的,而不是根植于律师所思考和关心的事,认为这些故事仅仅是隐喻,不具有实在的所指,因而不是艺术家真正的创作意图。如有学者认为,卡夫卡作品中的"法律"被广泛视为仅仅一个神学家、形而上学的哲学家、心理学家或者普通社会学家为实现其目的所研究的图像。[1] 马克斯·布罗德在《城堡》第一版后记中也明确指出,卡夫卡在《审判》中着重抨击的司法制度方面的弊端之类的评论是"肤浅的""不明智的"。[2] 然而,这种过高估计卡夫卡所代表的抽象意义,抛弃其文学作品产生的社会背景的做法,会导致其作品丧失社会批判的功能,进而贬低他作为作家存在的社会价值,更是违背了卡夫卡创作这些作品的初衷。而且,从作品的形式特点这一角度看,卡夫卡之所以可以被归入重要的现实主义作家,是因为他在作品中呈现了客观世界里最基本的东西。可以说,卡夫卡笔下的世界,就是我们周围的世界,虽然他擅

---

[1] Peter U. Beicken, *Franz Kafka*: *Eine Kritische Einführung in die Forschung* (Frankfurt am Main: Athenaion Verlag GmbH, 1974), pp. 175–225.

[2] 勃罗德:《〈城堡〉第一版后记》,见叶廷芳编:《论卡夫卡》,北京:中国社会科学出版社,1988年版,第19页。

长运用表现主义的手法,对现实世界进行扭曲与抽象化处理。更为重要的是,这些评论家忽略了作家生活的一个重要部分:卡夫卡在1901年进入位于布拉格的卡尔斯大学专修法律,直到20多年后从法律岗位退休。这段时间里,不管他是否情愿,他还是选择法律作为自己的主要职业。因此,我们要把法律专业人士卡夫卡和写奇幻故事的卡夫卡联系起来。为古斯塔夫·雅诺施(Gustav Janouch)的《弗兰茨·卡夫卡回忆录》打印手稿的学者雅娜·瓦霍弗斯(Johanna Vachovec)曾言:"在法学博士卡夫卡和作家弗兰茨·卡夫卡之间并没有把他们分割开的隔音水泥墙。"①卡夫卡在作品中确实批评了司法,在批评时还表现出对整个奥匈帝国司法制度惊人的细节方面的认识。而且,他在批评司法制度的同时,还批评了在司法中的整个社会关系方面的体系,正是这整个体系使这种司法成为可能。因此,我们相信,卡夫卡文学作品中频繁出现的这些法律素材具有代表性、普遍性及现实意义。

在法律教育、法律知识、法律经验,尤其是法律写作方面,卡夫卡是一个行家,他在作品中倾注了自己对司法制度、诉讼程序、审判技术等的思考,他构筑的法律世界广为人知并具备持久的阅读价值。卡夫卡还是一位伟大的预言家,是时代的先知,如,小说《审判》《在流放地》等与现实有着惊人的相似性。可以说,卡夫卡敲响了反抗这些暴行的警钟。在卡夫卡的作品中,我们还能窥探到欧洲战后

---

① 卡夫卡口述、雅诺施记录:《卡夫卡口述》,赵登荣译,上海:上海三联书店,2009年版,第13页。

的现实——一个受命令主义、官僚主义统治的世界,以及人们对此表现出的失望与不满。德国作家赫尔曼·黑塞(Hermann Hesse)曾言:"我相信卡夫卡永远属于这样的灵魂:它们创造性地表达了对巨大变革的预感,即使充满了痛苦。"[1]卡夫卡在1922年7月5日给马克斯·布罗德的信中也写道:"凡是我写过的事将真的发生。"[2]因此,将卡夫卡的法律文学作为范本来研究法律问题,有着明确、具体且深远的现实意义。

本书考察了现存的大量的卡夫卡传记文学、日记和书信,对卡夫卡的法律文学进行了深入的分析,内容涉及法律人、法律机构、法律程序等多个层面,尝试着对卡夫卡本人的法律体验、法治理念及其作品中的法律现象和精神进行探讨。本书一共包括四个章节:第一章基于《审判》和《城堡》两部重要作品,分析卡夫卡文学中的法律人形象,及其折射出的法律现象与内涵;第二章重点解读卡夫卡法律文学的典范之作《审判》,探讨作品中蕴含的法治问题,如法的形态、法的失效等;第三章围绕卡夫卡作为法律人的经历以及他对法律爱恨交织的矛盾态度,解析卡夫卡法治观的形成原因;第四章从法的价值定位、法律内涵、司法制度、诉讼程序、法治信仰培育等方面,探讨《审判》对我国法治现代化建设的启发。在本书中,笔者主要聚焦于《审判》和《城堡》这两部长篇小说,但即使是只探讨这两部

---

[1] 克劳斯·瓦根巴赫:《卡夫卡》,孟蔚彦译,北京:中国社会科学出版社,1992年版,第182页。
[2] 卡夫卡:《卡夫卡书信日记选》,叶廷芳、黎奇译,天津:百花文艺出版社,2005年版,第164页。

作品,而且只关注其法律主题,恐怕也不可能作面面俱到的论述,因为卡夫卡的作品内涵丰富,绝非几个章节的浮泛的评论就能阐释周详的。此外,正如歌德评价莎士比亚是"说不尽的",作为堪与莎士比亚、但丁和歌德等相提并论的卡夫卡也是"说不尽的"。研究方法不同、角度不同,就会产生不同的看法乃至结论。我们不否认卡夫卡的法律文学有其更广泛的目的,也无意诋毁他作品的神话诗性,但法律始终是解读这些作品最直接,也是最有效的途径,由此可以确定作品所借鉴的模式和可读的层次。本书力图为卡夫卡的读者提供一种新的思路和视角,为卡夫卡的研究贡献我的微薄之力。在此,我愿与所有对卡夫卡感兴趣的同人共勉。

# 第一章　卡夫卡文学中的法律人形象
## ——基于《审判》与《城堡》的解读

《审判》(Der Prozess，又译《诉讼》)与《城堡》(Das Schloss)的创作时间相隔较远，前者完成于1915年初，而后者是从1922年才开始写作的。这两部作品所描写的内容也有很大差别，前者写的是一家大银行的襄理无缘无故被捕又不明不白被处决的经历，后者讲述的是一个外乡人试图入住"城堡"而不得的故事。从创作时间和内容上看，两者似乎毫无相关性，但是，批评家们还是经常把它们放在一起进行研究，认为其精髓是一脉相承的。有的评论家甚至主张将这两部作品连起来，作为上、下篇来进行阅读。卡夫卡的忠实信徒、法国作家加缪(Albert Camus)也认为《审判》和《城堡》是相辅相成的，前者提出了一个问题，后者以某种方式把它解决了；前者按照一种似乎科学的方法描写，没有得出任何结论，后者仿佛提供了答案；《审判》诊断病情，《城堡》开出疗方，但被推荐的药物在这里都无济于事。[①] 捷克文学评论家保尔·雷曼(Paul Reimann)也读出了这两

---

① 加缪：《弗兰茨·卡夫卡作品中的希望和荒诞》，见叶廷芳编：《论卡夫卡》，北京：中国社会科学出版社，1988年版，第107页。

部小说在主题上的许多相同之处,如,《审判》通过 K 的遭遇表达了卡夫卡的绝望情绪,而《城堡》中占主导地位的听天由命的情绪和精疲力竭的状态有时也几乎到了绝望的边缘。[①] 学者们之所以达成这种共识,还是由于这两部长篇小说在艺术手法与本质上的相似性。首先,这两部小说都是"卡夫卡式"风格的经典之作,都表现了一种任人摆布、无法自主、错综复杂、似真似幻的处境。其次,两部作品的主人公都是以象征性符号"K"来命名的,这是卡夫卡沉迷于半自传体写作的结果(K 为 Kafka 的英文首字母)。卡夫卡在日记中将他的内在自我称为 K。创作《审判》时,卡夫卡在日记中写道:"一切皆出于我表达个人内心生活的欲望。"[②]《城堡》原稿的开头部分采用的是第一人称,"K"这一符号出现得比较晚,在第三章中间部分才用"K"这一第三人称替换了原先选用的第一人称。再次,两部作品的主人公都是被控告者和受迫害者,他们孤立无援,在各种不可捉摸的力量面前,竭尽全力证明自己,想把事情做好,但永远也达不到目的,弄得他们连把事情做好的意义是什么都搞不清了。最后,两部小说的结局都是主人公 K 带着遗憾,凄凉地死去:《审判》里的 K 被两个黑衣人拖到一个采石场,"像一条狗"似的被处决了,到末了也没洗脱自己的罪名。《城堡》虽然没有一个真正的结尾(《城堡》的创作因内在的结构断裂,于 1922 年 9 月被迫中止),但是据卡夫卡的

---

① 雷曼:《卡夫卡小说中所提出的社会问题》,见叶廷芳编:《论卡夫卡》,北京:中国社会科学出版社,1988 年版,第 316—317 页。

② 费洛里斯:《判决》,见叶廷芳编:《论卡夫卡》,北京:中国社会科学出版社,1988 年版,第 151 页。

挚友、卡夫卡作品的整理出版者马克斯·布罗德的介绍,卡夫卡曾告诉他,在与城堡的斗争中,K终因心力衰竭而死去。①

如果从法律文学的角度对《审判》和《城堡》进行审视,那么它们的关联性就更为凸显。两部作品探讨的都是一个人与一定社会机构、与法庭、与法律的关系问题,后者可以完全不顾一个人的意愿便干预其命运,并且能在没有任何反抗可能的情况下"消灭"他。法律机器的神秘齿轮无情地碾碎了它轮下的每一个人、每一件事,受害者深深地感受到它对人的压迫和抑制,以及它时时刻刻带来的恐慌,却不了解它的机制。

两部作品的主人公银行襄理K和土地测量员K的生存境遇的本质是一样的:从作品一开始,直至最后两人生命的终结,他们都怀着对"法"坚定不移的信仰以及执意要进入"法门"的愿望,一直无奈地处于一种等待一个遥遥无期的审判结果的状态之中。"等待审判"已经成了K们生活的全部内容和根本特征,也是他们唯一的生活目标,决定着他们只能以"被告"的身份生活在这个世界上。② 正如作家卡夫卡发自内心地呐喊:"你快来吧,无形的法庭!"③《审判》中的K是一名被告,至于针对K犯罪的指控是由某个具体特定的人

---

① 勃罗德:《〈城堡〉第一版后记》,见叶廷芳编:《论卡夫卡》,北京:中国社会科学出版社,1988年版,第18页。
② 胡志明:《卡夫卡现象学》,北京:文化艺术出版社,2007年版,第200—202页。
③ 摘自卡夫卡1910年12月20日的日记。详见卡夫卡:《卡夫卡书信日记选》,叶廷芳、黎奇译,天津:百花文艺出版社,2005年版,第6页。

还是官方提出的便不得而知了,这表明问题的重点不在于是谁控告了K,而在于K作为"被告"的身份和生存境遇是命中注定的、不可避免的。虽然《城堡》里并没有出现一个法律机构或法律文件将某种"被告"的名分强加于土地测量员K,可是他也一直在寻求或等待城堡里的最高当局对自己的判决。在卡夫卡那里,法律不再是一种生动的存在,而是僵化的制度,不再符合时代要求,只能引起畏惧。《审判》的主人公K受到神秘莫测的"法"的迫害,他的整个生活以及他的无论是与机构还是与人类的一切关系都被搅乱了;《城堡》的主人公K也同样受到这样一个当局的摈弃。虽然遭遇不尽相同,但其实质是一样的。两部小说的主人公K都是无具体姓名、无显赫出身背景的小人物,是一个象征符号,代表着生活在社会中的个体,因而具有普遍意义:每个人其实都是在法的门前无望地等待审判的"被告",人的生命过程实质上是一种无奈而又无望的等待的过程,希望很渺茫,但人若是不等待,那就更无希望,也就无从体现人生的价值了,而等待的最终结果,往往只是令人绝望的死亡。这便是人的生命的根深蒂固的悖谬性。

基于以上分析,本书将《审判》与《城堡》一同纳入卡夫卡"法律文学"的研究范围。笔者认为,卡夫卡在这两部小说中塑造了众多的法律人形象,可以将他们归为两类——"名存实亡的法律人"与"法律代理人"。在类似"法律"机构供职的名义上的法律人不能履行"法"的职责,而形形色色的普通民众则扮演着"法律代理人"的角色,代替名义上的法律人履行"审判"的职能。在小说《审判》中,虽然法官、律师、法院看守、监督官、刽子手等是司法公权真正意义上的代表,但实际上影响司法的隐蔽权力主体流散于社会的各个角落,包括了解法院内幕的画家、谷物商、神甫、叔叔、女房东、女邻居、法院听差的妻子、律师的女佣,等等。作为一个孤独的个体,K的生存空间不断遭到挤压。在命运的转折点,整个社会都与个体为敌,并以强大的优势压倒个体。正如K在无意识中所体会到的:形形色色的人物混为一团,于是K忘记了法院那伟大的工作,觉得好像自己是唯一的被告,其他人都乱七八糟地穿梭在法院大楼的走道里,有法官,有律师,还有那些麻木不仁的家伙(见《残章断篇》里收录的《法院》一章)。同样的情况也体现在小说《城堡》中。作为城堡领导层的伯爵、办公厅主任克拉姆,以及最高当局任命的村秘书莫穆斯都是不可捉摸、庸庸碌碌的官僚机构的官方代表,他们那种冷若冰霜的态度绝不会引起人们的敬畏之心;真正的权力掌握在"法门之外"的延伸代表——村民、村长、教师、酒吧女侍弗丽达、客栈老板娘嘉黛娜、信差的姐妹等人的手中,他们是在暗处操纵权力的非正式力量,这映射出"法"的威力无处不在。正如《审判》里的K所言,"这种非官方的职务往往比官方的职务更有影响力"[①]。卡夫卡的一则关于法律的寓言生动地阐明了这个道理,"猎犬纵使嬉戏于院中,

---

[①] 本书所引用的《审判》《城堡》《关于法律的问题》的译文版本均出自卡夫卡:《卡夫卡小说全集:全3卷》,高年生、韩瑞祥等译,北京:人民文学出版社,2003年版。

野兔也还是躲不开它们,不管野兔在林中能跑多么快"①。在最高当局和臣民之间,横亘着一系列运转不灵、行动迟缓、一眼望不到头的官僚机构(局、厅、司、部),它们完全以最高当局的名义行事,却又不向任何人汇报,于是产生了一种假象:仿佛没有政权,但又人人无权;仿佛人人自由,但又人人不能享受真正的自由。"法"形成一张虚幻却又无法挣脱的关系网,而K则似乎无可挽救地被这张网缠住了,他无能为力,一筹莫展。

## 第一节　名存实亡的法律人

### 一、《审判》中的法律人

《审判》写的是银行襄理约瑟夫·K的遭遇。一天早晨,K莫名其妙地遭到法院传唤。虽然法院并没有限制他的人身自由,但这桩案子带来的心理压力让他惶惶不可终日,于是他主动上法院去探听,对自己的案子越来越关心,并为之四处奔走。他做了所有被告——无论是有罪的还是无罪的——需要做的事情:用各种办法为自己辩护,如聘请律师、去与他认为能影响法庭的人进行联系,等等。然而,他聘请的律师却与法院沆瀣一气,除了用空话敷衍外,一

---

① 缪尔:《弗兰茨·卡夫卡》,见叶廷芳编:《论卡夫卡》,北京:中国社会科学出版社,1988年版,第55—56页。卡夫卡钟爱寓言故事,在他去世的前几年里,即从1917年至1919年间,他写了一百多则寓言,他把这些寓言看得比他的其他作品还重要,因为他曾极其细心地把它们分别誊写在纸上,并且编了号。这些寓言是卡夫卡对平生感到最苦恼的若干重大问题的极其概括的表述,对理解他的作品有极大的启发作用。

直写不出抗诉书。接着，K去求助各种各样的人，得到的一致答复是："法院一旦提出起诉，就会认定被告有罪。要想使法院改变这种信念，那可是难上加难呀。"最后在教堂里，一位神甫给他讲了《法的门前》的故事，劝诫他只有认罪才是唯一的出路。小说结尾，K被两个黑衣人架到郊外的采石场上处死。

虽说《审判》中的法院具有一个正常的资本主义社会的法院的一切特征，有分工明确的法律人——预审官、法庭人员、律师、下级职员，还有一个在暗处操作的掌握所有权力的最高审判机构，也有审讯的各个阶段——逮捕、审查、行刑，还有一整套程序规则，以实现法庭的管理，维护机构的存在。然而，这样的法庭实现不了其终极价值——维护公平正义，其实质上是一个有名无实的符号。

法院设在贫民窟的一条乱糟糟的街上，法院没有牌子或代表官方机构的其他外部标志，而是位于最高一层长长的走廊里，里面的空气令人窒息，被告第一次进入这些房间都会晕倒。对此，法院的一位工作人员给出的解释是太阳的炙烤导致屋内的空气闷热，她还声称这个地方不适宜做办公室。此外，她把空气污浊不堪的部分原因归结为办公室里要晾晒各种各样洗好的衣服，因为"不能完全禁止楼里的住家晾晒衣物"。人们不禁要问，除了提供一个洗脏衣服的地方外，法庭还有什么功能？工作人员试着打开朝向户外的小天窗，以便让人们呼吸到一些新鲜空气，但掉进来许多炭黑，她只得立刻又关上天窗。审讯室里烟雾缭绕，半明半暗，屋顶十分低矮，以至于人们需要带上软垫，垫在自己的脑袋与天花板之间，以免碰伤脑袋。候审室是一条长穿廊，一扇扇制作粗糙的门从这里通往阁楼的各科室。虽然没有透光的窗户,但也不是漆黑一团,因为某些科室靠穿廊这一边没有划一的木板墙,只有伸展到天花板的木栅,光线才可以透过这些木栅照射进来。透过这些木栅,人们也可以看到一些职员,他们坐在桌边写东西或站在木栅旁边透过空隙看穿廊里的人,这一幕让人们想到动物园里的笼子和笼子里的动物。过道里没有透光的地方,K进门时差点儿绊了一跤,因为门后还有一级台阶,就像给不小心的人设的陷阱。这与传统富丽堂皇、威严神圣的法院形象相差甚远。而且法院只在周日或晚上审理案件,这种场域设置表明法院只是一个虚无的存在,没有人会从这个法院得到正义,甚至连真正的审讯都从未进行过。K利用各种各样的机会,设法打听到了那个最先公开他这桩案子的机构在哪儿,然而,那个机构实际上一点作用也不起,它只能说出人家要它说出的话,唯有那庞大的检察机关的最高机构才是至关重要的。但是,它对被告来说则是可望而不可即的(见《残章断篇》里收录的《法院》一章)。被告成年累月地在破旧的候审室里等待着,他们着装邋里邋遢,从来就挺不直身子,弯着腰,屈着膝,像街边的乞丐一样站在那儿,他们渴望从某一个下级工作人员或秘书那里获悉法官的看法或审讯的情况。这让人想起狄更斯笔下命运多舛的理查德·卡斯通、疯狂的弗莱特小姐和格里德利先生,他们对"加迪斯诉加迪斯"这一神秘财产诉讼案的迷恋,导致他们经常去法院,徒劳地希望能听到关于他们前途的任何消息。尽管卡夫卡是狄更斯的忠实崇拜者,他在日记中也多次提到狄更斯:"我阅读了关于狄更斯的文章。"①不过,他在写《审判》时似乎还没有读过《荒凉山庄》,他同样用讽刺的笔触刻画了等候者的形象,这似乎表明了各地法律制度给人们生活带来的影响。

  法门之内的人,如法官、律师、法院看守、监督官、刽子手等,表面上各司其职、秩序井然,实际上却不能履行法的职责。他们非但不能维护公平正义,反而形成了重重叠叠的屏障,使人们永远不可能真正走进"法"的大门。被告们只有通过他们才能跟法院,跟自己的案子保持某种联系,可无论是法官还是律师,抑或是其他法律人,其实都不可能真正影响整个案子的进展。因为案子从来就不会有任何真正的进展,而且这些法律人自身也无法真正进入"法"的内部。正如 K 在初审现场对"法"的批判——在这个法庭的所作所为的背后,存在着一个庞大的机构,它不仅雇用了可被贿赂的看守、傻里傻气的监察员和最大的优点就是稀里糊涂的预审法官,而且豢养了一批高级的和最高级的法官,这些人手下还拥有一大帮不可或缺的听差、书记员、警察和其他助手,也许甚至还有刽子手。法庭机构的存在意义在于:逮捕无辜的人并对他们提起无意义的并且往往是无结果的诉讼。《审判》是展现司法无视公民最基本的权利的典范之作,揭露了奥地利司法审讯制度的实质。在这种制度下,审前程序的目的是促使刑事被告认罪。诚如主人公 K 所言:"这个法律很有一套,清白无辜判你罪,一无所知也判你罪。"由此,K 总结道:"法

---

  ①  摘自卡夫卡 1911 年 8 月 20 日的日记,详见卡夫卡:《卡夫卡书信日记选》,叶廷芳、黎奇译,天津:百花文艺出版社,2005 年版,第 10 页。

院也是一个名存实亡的躯壳。一个刽子手就可以包办整个法院。"

在小说中,法官们未能体现法律的尊严和公正,他们态度消极,不给诉讼程序指明清晰的道路,不能履行"查清案件事实,正确适用法律,做出合理判决"的职能。他们缺乏捍卫正义和公平的精神,丧失了为社会、为当事人尽心办事、全力负责的信念,也因此失去了人民的信任和敬慕。法官们淫荡好色,爱看淫秽书籍,甚至勾引法院听差的妻子(这是一个长期以来作家最喜欢用来讽刺法律人员的主题);他们虚荣心强,要求画家把自己画成英姿勃勃的大法官;他们心高气傲,听不进被告提出的改进建议,甚至蓄意报复;他们中饱私囊,以至于法院的经费捉襟见肘,法院咨询员的服装要靠募捐,连诉讼人也要解囊相助,法院办公室不得不租用居民区的阁楼,条件恶劣,混乱不堪。法官们对被告呈交法庭的辩护书置之不理,不问青红皂白就将其塞进案卷里,理由是传讯和观察被告比任何书面的东西都重要。而实际上,辩护书是法官了解案情、厘清事实的重要依据,其重要性不言而喻。预审法官昏庸无能,在初审时连被告的身份都弄不清,误认为 K 是一名室内粉刷工,在审讯时一言不发,只顾翻动一本像学生练习册似的破旧不堪的笔记本。他更喜欢和旁观者交谈,而不是询问被告 K。会场上一片嘈杂,他显然没有权力控制观众。他甘愿听取 K 对诉讼程序的猛烈谴责,甚至在被 K 当众羞辱后(K 从预审法官手里夺走笔记本,用手指尖夹住中间的一页并抬得高高的,随后又让笔记本掉落在桌子上)也无动于衷。法官不能履行自己的职能,法律丧失了威严。这让 K 一开始并不把这场诉讼当回事,他声称只有他承认这是诉讼,而他现在之所以承认这是诉讼,从某种程度上说是出于同情。审讯室里挤满了满脸胡须的男人,他们可能是想代表刑事诉讼的政治方面,但他们显而易见的官方地位,受诉讼影响而飘忽不定的举止,以及当K冲出会场后,他们开始分析局势时的谈话声,暗示他们是在模仿陪审团。而在卡夫卡写作的时候,陪审团制度受到了抨击,很快就被抛弃了。约二十年后,1873年,陪审团制度才由《奥地利法典》恢复,但当时并没有得到法律学者的普遍认可。前文提及的卡夫卡的大学老师汉斯·格鲁斯教授曾是一名法官,他在20世纪初的一篇文章中称,设立陪审团制度是一个乌托邦式的梦想。[①] 它有两个缺点:第一,陪审员不了解评估各种证据的最简单的心理学原则,无法把握证据的重要性,无法判定疑难的事实问题;第二,他们的政治独立是一个神话,因为他们很容易被政府控制,被精明的顾问和媒体左右。卡夫卡很可能赞同他的老师的观点。在大学的第五、第六和第七学期,他每周花16个小时听汉斯·格鲁斯关于刑法和诉讼程序的讲座。从主人公K对法律的谴责来看,整个审讯现场可以被解读为对现有调查过程的批评。

法院等级森严,甚至连内部人都摸不透。正如下文将提及的寓言《法的门前》中的守门人所言,他只不过是最低级的守门人,里边的大厅一个接着一个,层层都站着守门人,权势一个比一个更强大,甚至连第三个守门人的模样他都不敢正视一眼。根据1877年公布

---

[①] Hans Gross, *Criminal Psychology*: *A Manual for Judges*, *Practitioners*, *and Students* (Boston: Little, Brown, and Company, 1918), p. 22.

的《德国刑事诉讼法》,刑事程序分为两个阶段:第一阶段为"预审",其目的是为了决定是否将案件提交正式审判,预审审判员采用非公开调查的程序,预审程序采用纠问主义;第二阶段为"正式审判",即审判程序,正式审判采用控辩主义。[1] 这种诉讼程序本身存在着明显的弊端,预审程序卷宗会对主审程序产生不利的影响,同时威胁到言辞原则或直接原则。[2] 审判法院接受"卷宗移送"后,仅仅根据预审阶段的卷宗做出裁决。从单调、呆板的卷宗中,他们无法亲眼看到被控告的一方不正常的举止与紧张不安的神情,也无法亲耳听到证人证言中不自然的停顿、提前背熟的流畅表达等未曾记录在案的状况,因而难以做出不偏不倚的公正判决。而小说中的 K 的案件则更为糟糕。由小说情节可知,K 的案件始终在"预审"阶段徘徊不前,连进入"正式审判"的机会都没有。作为"法"的代表,高级法院与高级法官掌握着做出有罪或无罪判决的权力,而高级法院与高级法官却从未露面。预审的目的在于决定是否将案件交付审判,从而赋予当事人新的合法身份。就其意义而言,"预审"是通往正式审判或是通往自由的第一道"门",而这道"门"被预审法官无情地堵住了,让 K 看不到自由的曙光。在这个从一开始就坚持审讯要保密的司法机构的架构下,法官们只能囿于审理法律限定给他们的诉讼部分,他们对案件的由来以及最终的办案结果一无所知,只是如大机

---

[1] 田口守一:《刑事诉讼法》,张凌、于秀峰译,北京:中国政法大学出版社,2010 年版,第 4 页。
[2] 拉德布鲁赫:《法学导论》,米健译,北京:商务印书馆,2013 年版,第 176 页。

器里的轮子一般工作着。他们沉浸在自己的世界里，与外面的世界脱离，不懂人情世故，因此，在审理案件时，他们不得不向律师求助，有时甚至主动登门拜访，让律师替自己审理案卷，出谋划策。而在律师住所，预审法官也把自己藏匿在黑暗的角落里，不敢在外人面前暴露自己的身份。一般情况下，法官们会听从律师的意见。然而，情况不总是如此，法官们有时也会出尔反尔，做出与律师意见相反的裁决。在日常生活中，他们同样也是变化无常，让人捉摸不透——"在好多方面，法官们真的跟小孩子一般，他们往往会为区区小事而大动肝火，甚至跟好朋友也反目……要跟他们打交道既容易又困难，几乎没有什么准则可言。"

如果说法官们的地位是处在一个令人望尘莫及的层面上，那么，律师们本应起到一个桥梁作用，在法院和被告之间建立起联系，律师的任务是运用他们的法律知识对诉讼施加有利于当事人的影响。然而，《审判》中的律师却充当着守门人的角色，他们堵在"法"的大门口，阻止被告接近法，窥探法的秘密。在律师胡尔德那里，K得不到帮助和保护，因为他的律师不是为被告服务，而是为法庭服务的，他从属于法庭的权力机构。在与K的交谈中，律师用维护权力机构体系的言论试图打消K表露出的要改革司法制度的念头。他劝诫K要安之若素，不管事情多么违背自己的意愿。与此同时，律师还控制着被告的自由，让他们欲罢不能，"一类律师是用一根细线牵着他的委托人走，一直到作出判决为止；而另一类律师则是从一开始就把他的委托人扛在肩上，从不间断地背着他走，直背到作出判决，甚至在判决以后还要背着他"。律师未能维护当事人的合法权益、法律的正确实施和社会公平与正义,他们只是坚定不移地维持现状,不希望也没有能力改变现存的司法制度。

一方面,律师地位低下,得不到法院的认可,在法院机构里只扮演一个从属的角色,自然对案件也施加不了什么影响。法律不宽容辩护,甚至在是否允许辩护这一点上也找不到明确的法律条文。在小说《审判》中,所有作为律师出庭的人不过是被挤在角落里的无名小卒而已。从K对位于法院的律师办公室的观察也证实了这一点。律师们挤在一间低矮、破旧的办公室里,室内只靠一扇小天窗采光,这扇小天窗挂得高高的,如果有人想看看窗外,他就得先找个同事,让同事把他驮在背上。可是,他的脑袋刚一伸出去,一个离脸很近的烟囱里的烟便会扑进他的鼻子并熏黑他的脸。房间的地板上有个很大的窟窿,大到可以让一个人掉下去。为此,律师们向行政管理部门提出申诉,却丝毫不见成效,甚至律师们想要自费对房间的结构做出任何改动,也是被严格禁止的。法院这样对待辩护律师,目的是不希望律师插手案件,让被告自己承担一切。在审讯时,监督官承认K有权利给律师打电话,这符合奥地利法律。奥地利法律从1873年起承认被告在刑事诉讼的所有阶段都有获得律师帮助的权利。不过,监督官同时指出,给律师打电话是没有任何意义的。诚然,在预审阶段,律师起不到什么实质性的作用。他们不能参与庭审或听证会,只能提请法官注意一些问题,审查有问题的文件,如果有的话,就随着案件的进展向当事人提供建议。由于监督官不是在审问,而只是进行逮捕,因此,即使K的律师在场,他也几乎束手无策。此外,诉讼过程不对外公开,辩护律师也就看不到法院的卷宗,甚至连起诉书也是保密的。在这种情况下,律师们在撰写辩护书时不知道该针对什么,这将他们置于一种非常不利的境地。他们只得频繁地前往法院,期盼能在法院的律师办公室里与法官见上一面,然后通过察言观色获取一些与案件相关的信息,或许这只是一些无用甚至错误的信息。在开庭审讯时,一般也不允许辩护人在场,因此,他们就得在审讯过后向被告询问审讯的情况,但不可能得到许多对辩护有用的东西。

另一方面,律师不务正业,给当事人提供不了任何实质性的帮助。每次K来拜访,律师胡尔德总是拿一些与案子毫不相干的、言之无物的空洞的大道理来搪塞他,或是给他提一些毫无意义、无聊透顶的劝告,以此分散他的注意力,却避而不谈他为K的案子到底做了什么实际工作。有时甚至对K进行人格羞辱,用让他捉摸不透的威胁来折磨他,之后又用虚幻无影的希望来哄骗他,敷衍塞责地给他加油打气。律师声称自己一直在撰写辩护书,但怎么也写不完,更何况他连K受到的指控是什么都不知道。律师为自己的不作为搬出了冠冕堂皇的理由:"从案子办到一定的阶段起……就不会再出现什么实质性的新东西。"K聘请律师做辩护人,原本希望这桩压在他身上的案子会比以往轻松些,因为律师多少会分担这副担子。但是,现实恰恰相反。自从律师做了他的辩护人以后,这桩案子使他背上了前所未有的苦恼,"以前我独自承担案子时,我什么也不去做,反而几乎感觉不到有案在身;可现在却截然相反,我守着一个代理人,万事俱备,等着有所行动;我夜以继日,越来越心急如焚地期待你的干预,可盼来盼去,盼得个无动于衷"。到末了,他才真正意识到,他自己的律师才是他在案件中碰到的最大的障碍。正当K下定决心要解雇律师时,律师出色地借助他的另一位委托人谷物商布洛克实施了一个诡计,通过把法律描述为外行人无法理解的东西来威胁K,告诫他不要解雇自己。律师提到了自己最近同法院的一位法官就布洛克的案子进行的谈话,他引用法官的话说:"如果他(指布洛克——笔者)得知自己的案子压根儿还没有开始审理,如果有人告诉他,连开庭审理的铃声还没有摇响呢,你想他会说些什么呢?"布洛克已为自己的案子奔波了五年之久,在听到这番话时,他自然感到惶恐万分,而就在此刻,律师觉得主张自己技巧的时机成熟了:

> 别激动,布洛克……法官的这番话对你根本无关紧要……别听到每一句话都心惊胆战……我不过是重复了一个法官说过的话而已。你也很清楚,围绕着每一次诉讼,总是意见纷纭,众口难一,甚至让人捉摸不透。比如说,我认为诉讼要从这个时候开始,而那个法官却认为要另外一个时候开始。意见不同,仅此而已……我现在不能把所有跟他相反的意见都说给你听,说了你也弄不明白的,你只要知道还存在着许多跟他不同的意见就够了。

像其他专业人员一样,律师希望用一层神秘的面纱把自己的行为包裹起来,支撑起他们的自大意识,强化他们的法律特权地位。律师胡尔德虚情假意地借给布洛克一些法律文件,让他不分昼夜地研读，但胡尔德自知那些文件是法律门外汉们无法读懂的。作为法律诉讼的当事人，K和布洛克却都因为法律中莫名其妙的词语而无法理解正在发生的事情。一如作家卡夫卡自己的断言：我们的法律并非人人清楚，这些法律是一小群统治着我们的贵族的秘密。在某种意义上，这里的"贵族"可以理解为"司法机构"，因为在其说话之前，公众并不知道法律的细节和本质。

作为法院特派代表，前来逮捕约瑟夫·K的看守和监督官没有出示拘捕证，没有说明自己在哪一个机构工作或者针对K的指控是什么。他们没有穿制服，与法院工作人员应有的形象不符，像"旅行者"，或是像"在街道拐角处干活的搬运工"。看守们不择手段地从被捕的人身上窃取财物，甚至连他们的早餐和睡衣也要据为己有，还大言不惭地宣称："犯人的衣物归看守所有，这是传统的规矩，历来如此。"他们逮捕人之前不核实对方的身份，甚至对被告的案件毫不知情："你的证件关我们什么事？我们……和你的案子毫不相干。"监督官私入民宅，在K的邻居毕尔斯泰纳小姐不知情的情况下，擅自征用她的房间作为审讯室，将她的床头柜作为审判桌，甚至亵渎她的私人物品，乱翻她的相片，试戴她的帽子。在审讯时他也是一副漫不经心的样子，一边审讯，一边用双手挪动着摆在床头柜上的几样东西：一支蜡烛、一盒火柴、一本书和一个针线包，仿佛这是他审讯需要用的物件似的。同看守一样，他对K的案件也一无所知，只是机械地执行上级命令的工具。他说："你被捕了，这是毫无疑问的，更多的我就不知道了。"在官僚社会中，官员们没有主动性、创造性和行动自由，有的只是秩序、规则和服从。他们只执行庞大的行政机构中的小部分行动,无法得知整个机构的全貌。在这个世界里,一切动作都变成机械动作,人们不知道他们所做的事情的缘由、目的和意义。正如身为官僚机构一员的卡夫卡本人的处境:"我虽然是法庭工作人员,但我不熟悉法官。也许我只是个小小的法庭杂役。我没有什么明确固定的任务。"①

两个刽子手在接受对 K 行刑的任务时,并没有得到具体明确的分工指示,在下一个任务应该由谁来执行的问题上,你推我让,嘀咕来嘀咕去。而处决本身则在讽刺的法则之下像一种古怪的礼俗那样进行。在行刑前,他们不辞辛苦地四处寻找一个合适的地方,然后又煞费苦心地摆弄 K 受刑时的姿势。迟疑的刽子手做着谦卑的手势,互相递交杀人凶器。这一切都显得荒诞不经、滑稽可笑。同样奇怪的是,这两个刽子手身穿黑色礼服,脸色苍白,身体肥胖,长着沉甸甸的双下巴,头上戴着大礼帽,仿佛是"男高音歌手"。而且,他们看上去毫无生气,像机器人一样行走。对于这两个负责处决约瑟夫·K 的刽子手,卡夫卡显然是按照布拉格剧院小丑的特征来加以描绘的。在 K 的脑海中,这一切便唤起了一种联想:"他们把老配角演员派来找我。"于是,他问两个刽子手:"你们在哪家戏院里演戏呀?"这个问题让他们张口结舌,酷似两个跟自己那难以驾驭的发声器官抗争的哑巴。"他们根本没有准备叫你们回答问题。"K 自言自语道。言外之意是,这两个刽子手只是"法"的傀儡或蹩脚演员,他

---

① 卡夫卡口述、雅诺施记录:《卡夫卡口述》,赵登荣译,上海:上海三联书店,2009 年版,第 3 页。

们按照上级交给他们的剧本演戏，他们说的台词也是预先设计好的。不过，即使是演戏，K认为自己也有权利知道，他们在这出戏中扮演什么角色，以便从中推算出他自己扮演的角色来。可是，两个刽子手"演员"不予回答，直到最后，这一秘密也没有被揭示出来。K只得顺从地进入分派给他的角色，心甘情愿地让人领着，甚至阻止了一个偶尔路过的警察可能进行的干预，最后在采石场任由他们剥去自己的衣服，将刀子刺进自己的心脏。戏剧表演是整部小说的一个主导隐喻。此刻，刽子手们也在手势语言的支持下，在一个由K的潜意识创办的虚幻剧场登台表演。戏剧表演的画面在整部小说中反复出现，但在这最后令人心酸的时刻，效果尤其令人不安。如果法庭只招募老配角演员来完成这最后的任务，那么K被处决这一极其严重的事件就会变成一场廉价的闹剧。"他们企图把我随随便便地收拾掉。"K失望地想。更令人绝望的是，K即使阐明了事件的戏剧性，试图走出审判的"戏剧性幻觉"，也不能阻止即将展开的恐怖场景——一个人的两只手已经扼住K的喉头，另一个人则把刀深深地戳进了他的心脏里，而且转了两转。这一切，包括K的抵抗，都是戏剧表演的一部分。

对K行刑的刽子手可能是廉价的蹩脚演员，但K自己垂死时的表演同样缺乏悲剧的庄严性。当两个刽子手互相递着屠刀时，K清楚地知道自己的职责是"一把夺过刀来，往自己的胸膛里一戳"。K知道古典悲剧的惯例，高贵的英雄最终都会拥抱自己的死亡，但他自己作为垂死的角色感受是非常不同的。"像一条狗！"当刀在他心脏里转动时，他自言自语道。对此，卡夫卡评论说："仿佛他的死，要把这无尽的耻辱留在人间。"这种耻辱来自上面的法庭机构,它总是隐入神秘之中对人进行凌辱。除了自己受辱,K还不得不面对别人受辱。谷物商布洛克在K的面前扮演律师的狗,"委托人不再是委托人了,而成了律师的一条狗。如果律师命令他像钻进狗窝里一样,爬到床下去,在那里汪汪地学狗叫,他准会兴致勃勃地照办"。看着律师羞辱布洛克时,K忍不住想:"他对人的侮辱简直让旁观者无地自容。"他一点也不知道,他垂死时的表演同样给读者带来了挥之不去的羞耻感。

可以说,《审判》是一个残酷的剧场,这里出现了一连串骇人听闻的惩罚和羞辱的场景。在这些场景中,小说中所有名存实亡的执法者,无一例外,都是同谋。

**二、《城堡》中的法律人**

《城堡》讲的是,外乡人K来到城堡前的村庄,要求进入城堡,面见城堡的主人。他谎称是伯爵请来的土地测量员,才被村庄同意留宿。为了进入城堡,K只能通过信差巴纳巴斯同城堡办公厅主任克拉姆联系,而巴纳巴斯也没有见过克拉姆本人。他传来的克拉姆的信件都是过时的,是从旧档案里随便抽出来的。K利用了一切可以利用的人,包括克拉姆的情妇弗丽达、客栈老板娘嘉黛娜、信差巴纳巴斯,但都无济于事。在此过程中,他结识了巴纳巴斯的家人,获悉了他们家因为得罪城堡官员而遭受的不幸。故事的结局是,K奔波得精疲力竭,至死也未能踏入城堡。

K想要留宿的村庄有一则根本性的法条——本村隶属城堡,在此居住或过夜就等于在城堡里居住或过夜;未经伯爵许可,谁也不得在此停留。城堡成了 K 的目的地，在这一点上，城堡和《审判》中的最高法院在性质上是一致的。1918 年初卡夫卡在一个八开本笔记本中写道："有一个目的地，但没有路。我们称之为路的，是犹豫不决。"①可以说，K 又一次踏上了无路之路，前往一个不可企及的目的地。在另一则寓言中，卡夫卡亦指出："真正的道路必得经过一段绳索。这段绳索架得并不很高，不过略高于地面。绳索架在那里与其说是让人们从上面走过，还不如说是要让人们摔跤。"②《城堡》中到处可见这样的悖谬。官员们喜欢在夜间，在酒吧或自己的房间里办公，习惯于在睡觉和吃饭的状态下从事有计划的、合理支配一切的工作。而且，他们越是疲惫不堪，越是没精打采，工作便进行得越快越顺利。因为他们越是盲目，越是麻木不仁，对人们实行的控制便越无拘束，越无界限，人们也就不会深究这种控制的缘由和结果。由此得到的效果是，官员们对其工作的性质和内容不清不楚的状态，会提升其所作所为的合理化程度。又由于人们不再深思熟虑地洞察它，合理化自身便易于被人们所接受，它的牺牲者们也会越加没有抵抗力地沉迷其中。

城堡的主人西西伯爵老爷人尽皆知，但从未有人见过他。K 自称是伯爵请来的土地测量员，但他拿不出任何证明，他声称自己的助手会带着器械过来，但他们始终也没来。或许这只是他编造的一

---

① 彼得-安德列·阿尔特:《卡夫卡传》，张荣昌译，重庆:重庆大学出版社，2012 年版，第 404 页。

② 缪尔:《弗兰茨·卡夫卡》，见叶廷芳编:《论卡夫卡》，北京:中国社会科学出版社，1988 年版，第 55 页。

个谎言,目的是为了在城堡下属的村庄里留宿,以便伺机接近城堡。他想凭借土地测量员这个特殊的职业,成为被城堡认可和需要的人。所以,当城堡方给他派来两个新的助手时,他毫不犹豫地接受了他们,甚至都没想到他的老助手,这表明他的老助手根本就不存在。(实际上,K想通过村子里的街道步行到达城堡是一种失败的尝试,因为这条街道并不通向城堡所在的山冈,他只是在城堡附近迂回徘徊,好像是被人故意设计过似的,虽然没有离开城堡多远,却也没有靠近城堡一步。然而,K固执地认为,这条路"一定会转向城堡",也正是这个原因,尽管K已经筋疲力尽,却不愿离开这条街道,仍继续艰难地向前走着。)当客栈工作人员在电话里向城堡方核实时,当局先是否认向K发出过什么邀请,但过一会儿,又打来电话说刚才弄错了,K确系土地测量员。K悬着的心终于放了下来,城堡方终于认可了他的土地测量员身份。从一方面看,这种情形对他来说是有利的,因为被认可了身份,他将会有更多的行动自由,也就会有更多的机会接近城堡。可是,从另一方面看,这对他也是不利的。因为这表明,城堡方面已经对他的情况了如指掌,预计到了可能发生的一切事情,开始了与他的较量。城堡方面之所以顺水推舟地接受K的谎言,是出于自身利益的考虑,他们想通过承认K土地测量员的身份来约束他,将他控制于自己的势力范围内,以在这场"斗争"中占上风,后来还装模作样地给他派了两个助手,充当城堡的使者,他们的任务只是不分日夜地监视K的一举一动——因为他们对土地测量一窍不通,也没有任何器械。而K也打着自己的小算盘,他妄想凭着土地测量员的身份,成为被城堡认可的下属居民,这样他就有更多接近城堡、窥探其内幕的"自由"。但在城堡最高当局的眼里,K永远是个外乡人,永远得不到城堡的认可,对此,K心知肚明:"我虽然在这儿被聘为土地测量员,但那只是表面文章,他们在戏弄我,每一家都把我赶出门外,今天他们还在戏弄我……"城堡可望而不可即,犹如《审判》中"法的门前"的那位乡下人,"法"可等而不可得,外乡人K只能在城堡外徘徊、彷徨,直至生命的终结。K进不去城堡,却又不甘心离开,他倔强地忠于自己的追求,这使得他无法自由活动,最后在自己设计的牢笼中虚度一生。

村民们对外乡人K的到来抱着漠不关心的态度,甚至怀着敌意。制革匠拉泽曼说:"我们这儿没有好客的风俗,我们不需要客人。"客栈老板娘嘉黛娜对K也没有好感,认为他是一个谁都不需要的多余人,一个总是惹是生非的人,一个不知道在打什么主意的人。在村民们的眼里,K是一个另类,与周围的环境格格不入。(犹如作家卡夫卡本人,"误入这个世界"[1]。卡夫卡有着复杂的身世背景,由此让他产生了无家可归的漂泊感。他是犹太人的后裔,却不是犹太教的忠实信徒,也不是犹太民族文化的奉行者;他说德语,却生活在捷克;他有着资产阶级的家庭背景,却心系工人阶级的命运。尤为复杂的是,他身为公务员,可他一生都致力于写作,不过他也不是真正意义上的作家,因为他没有脱离他的工作,也不愿意把自己的作品拿出去发表,曾在弥留之际特意嘱咐好友在他死后要把他所

---

[1] 卡夫卡:《卡夫卡集》,叶廷芳等译,上海:上海远东出版社,2003年版,第9页。

有的作品付之一炬。这样模糊不清的身份导致"卡夫卡的内心与外在环境的不调和"①,使他认为自己是个陌生人,没有任何归属感。由于卡夫卡经历了太多的失望与痛苦,所以他作品中的主人公们都陷入一种不安的境遇中,始终找不到归宿。)K 从各个方面着手,固执地坚持寻找一条通道,试图与城堡建立联系,他先后求助过村小学的教师、信差巴纳巴斯、酒吧女侍弗丽达、村长等中间人,试图找到居住在城堡中的最高当局。结果无一例外地令人失望:城堡始终在他的视线范围内,但他无法进入城堡。

同《审判》的最高法庭一样,城堡以及城堡的最高当局也只是名存实亡的符号。首先,从外观上看,城堡寒酸、破败,犹如《审判》中的法庭,让人感到失望。它既不是一个坚不可摧的军事堡垒,也不是一座富丽堂皇的现代都市,而是由无数挤在一起的紧凑的小型建筑物组成,其中有一层的,也有两层的建筑,显得杂乱无章,看上去像是一座小小的市镇,这与传统意义上的城堡形象相去甚远。城堡里还有一座尖塔,成群的乌鸦围绕着尖塔飞翔。作为凶兆的象征,乌鸦的出现意味着城堡被笼罩在死亡的阴影中。关于小说中"城堡"的原型,评论家们有两种推测,一种是卡夫卡在去波希米亚北部出差的旅行日记中描述的位于弗里德兰的城堡,另一种是位于沃塞克(卡夫卡父亲的出生地)的城堡。然而,似乎卡夫卡脑海中的城堡与现实中的这两座城堡相比,不具有更实在的形态。实际上,就像 K

---

① 三野大木:《怪笔孤魂:卡夫卡传》,耿宴平译,北京:中国文联出版公司,1987年版,第23页。

在《审判》中永远也见不到的最高法庭那样,城堡是一个让他着迷、不顾一切想要追寻的幻景。K 抵达的时候,天色已很晚,城堡山上漆黑一片,城堡消失在朦胧的雾霭和夜色之中。K 在由大路通向村子的木桥上伫立良久,长时间地凝视着山冈上那片虚无缥缈的景象。在后文中还有一处对城堡的描述:城堡像以前一样岿然不动,轮廓开始消失;K 从来没有在那里看到过任何生命的迹象,他看得越久,就越看不清楚,一切都在暮色中越陷越深。城堡的这种如梦似幻的形象预示着,K 永远也进入不了城堡,自然也见不到最高当局。其次,城堡处于一种无政府状态之中。最高当局发布的命令和指示错综复杂,令人全然不得要领,因为它们不断地相互干扰、相互抵消,弄得人人都无所适从。由不计其数、大大小小的官吏组成了讳莫如深却又毫无意义的等级制度,在这个等级制度中任何人都不知道谁应负什么责任,以至于公事毫无意义地从一个部门转到另一个部门,因为谁都说自己没有责任。再次,城堡的最高当局对手下的工作人员没有任何管理措施,对生活在其辖区内的居民也没有任何约束力。他们没有给新聘用的土地测量员 K 安排任何实际的工作。如同村长所吐露的,K 的土地测量员的职务始终是无济于事,纯属多余的。事实上,K 根本就没有动手工作。然而,办公厅主任克拉姆在写给 K 的两封信中,对他的工作大加赞赏,这些含混不清的来自城堡的信件让 K 无所适从,疑惑不解。他后来发现,他从城堡方面得到的其他信息也都是有问题的,这些信息引起的种种争议简直是没完没了。另外,K 虽然始终未获得伯爵老爷的许可,但他事实上在到达的当晚就在村子里住了下来,甚至还在学校谋得了一份工作,他在村庄里可以自由地生活,直至死去,城堡并没有将他驱逐出境。这一点类似于《审判》中没有约束力的法院:银行襄理 K 虽被捕,但仍有人身自由,甚至还能照常工作。最后,城堡的官员们自身存在着各种各样的毛病。他们生性懦弱,沉默不语,害怕与人接触,永远一副睡眼惺忪、心不在焉的样子,缺乏领导者的威严与风范。克拉姆在 K 已经从他的视野中消失之后才敢乘坐马车离开绅士大院,官员们也只有在他们知道自己没有被人看到时才敢壮着胆子这样做。向村民阿玛丽亚发出一份龌龊下流的求爱信的官员索提尼在村民们的注视下显得局促不安,并用眼神示意他们退回去。城堡的官员们还缺乏领导能力,办事拖拖拉拉,也不告知当事人拖拉的原因是什么,以至于当地流传着一句俗语:"官方的决定好比大姑娘——羞羞答答。"他们还有许多性格缺陷和不良品质,如神情冷漠、专横霸道、沉迷美色等。K 初到村子时遇到了村校教师和一群孩子,他询问教师认不认识伯爵,在得到否定的回答时,K 惊讶地问:"怎么,您不认识伯爵?""我怎么会认识他?"教师低声说,接着用法语高声补充一句:"请您注意有天真无邪的孩子在场。"伯爵的称谓成了污秽、猥亵的代名词,可以想见,城堡的统治是多么丑恶!

克拉姆是城堡里的老爷,代表着城堡的领导层,他地位崇高,在村民们的眼中是神一般的存在——村长太太米奇一看到克拉姆的信就轻轻地双手合十,客栈老板娘嘉黛娜跪在地上望着克拉姆远去的身影。正如老板娘所言,K 根本不可能真的看到克拉姆,克拉姆也从来不曾同村子里的任何人说过话,甚至绝不会让人走到自己面前。K 费尽心思地想要见到克拉姆:他勾引克拉姆的情妇——一个在村子酒吧当女侍,并不漂亮的憔悴的女人弗丽达;他深夜守候在克拉姆的雪橇旁边,等着克拉姆的出现,甚至甘愿到村小学当校役,打扫教堂,照看教具和体操器械,清扫校园,给老师们打杂送信。可是所有努力都没有结果,克拉姆并不比西西伯爵老爷好见一些。客栈老板娘有一次把克拉姆比作一只老鹰,和老鹰一样,克拉姆高不可攀、沉默不语,住在无法攻克的住宅里,拥有永远也不能证明、永远也不能否认的傲视一切的目光,在人们的头顶上按照不可理解的法则兜圈子,人们在下面无法破坏他,甚至无法看清他的面目。实际上,以克拉姆为代表的城堡当局的形象都是村民们杜撰的,他们花费很多心思去思考这些官员的言行举止,正如阿玛丽亚所言:"你们在说城堡的事吗?……这儿有人就靠这种事为生,他们也像你们现在这样坐在一起嚼舌根……"人们从种种传闻以及别有用心的添油加醋中塑造了克拉姆的形象,而克拉姆的形象也是变幻莫测的,这取决于人们见到克拉姆时的心情和激动程度,以及他们当时所抱的希望或失望的不同程度。见不到克拉姆本人,K 只能通过信差巴纳巴斯同他联系。不过,虽然巴纳巴斯被委托负责传递信件并被允许进入城堡,但他并不是正式的信差,就像他在为城堡工作时所穿的那件看起来像官方的夹克其实是自制的一样。巴纳巴斯一直希望他最终会得到城堡方面的正式任命。在这一点上,他的情况类似于 K——对希望被确认的土地测量员身份的坚持。此外,围绕着巴纳巴斯这一人物的不确定因素不仅仅是他的官方身份,他从未见过克拉姆本人,所以向他传达命令的人可能不是克拉姆本人派来的,只是看起来像克拉姆的人而已,而且他为执行任务所进入的城堡也可能不是真正的城堡,正如巴纳巴斯的姐姐奥尔加在与 K 的谈话中所置疑的:"巴纳巴斯真的是在城堡当差吗？不错,他到公事房去,但是公事房是不是就是真正的城堡？即使公事房属于城堡,是不是就是允许巴纳巴斯进去那些公事房呢？"奥尔加含糊其词的解释让人想起了之前对城堡外观的描写——城堡建筑群似乎是由市镇房屋组成的,它的内部结构也如迷宫一般。巴纳巴斯被允许进入的公事房可能不是城堡的一部分,而是进入城堡的一种门槛、一种障碍,或者说是一系列障碍。巴纳巴斯所谓的"信差"的身份与卡夫卡一则寓言中的"传令人"的身份类似,寓言是这样写的:

> (上帝)要他们做出选择,是当国王还是当国王的传令人。他们仿效孩子的榜样,都愿意当传令人。因此世界上就只有传令人了。他们天南地北地跑来跑去,互相高声传达一些莫名其妙的通告(因为没有国王),他们倒很愿意结束这种可怜的生活,可是有誓约在先,又不敢这样做。①

K 的一切努力都是徒劳的,事实上,他越努力,成功的希望就变得越渺茫。而当 K 不努力时,他反而有了成功的机会。在第二十三章《K 与比格尔的交谈》中,城堡的秘书比格尔向处于沉睡状态的 K 承诺:只要 K 愿意,他什么也不用做,就可以控制一切;只要 K 用某

---

① 扎东斯基:《卡夫卡真貌》,见叶廷芳编:《论卡夫卡》,北京:中国社会科学出版社,1988 年版,第 467 页。

种方式提出他的请求,他的请求就会立马得到满足。可是,K 睡着了,什么也没听见,自然也不会提出什么请求。此外,上文也提到,马克斯·布罗德曾介绍过卡夫卡向他谈及《城堡》结尾的设想:在与城堡的斗争中,K 终因心衰力竭而死去,但在 K 奄奄一息之时,村民们向他传达了城堡的决定——准许他在村子里居住和工作,虽然 K 并没有在村子里居住的合法权利。① 与《审判》中 K 的遭遇一样,拯救永远比毁灭晚到一步。

克拉姆的村秘书莫穆斯可以说是克拉姆在村里的化身。人们实现不了亲眼看见克拉姆的愿望,便将克拉姆的形象投射到周围人的身上,比如说,"克拉姆在这儿有个村秘书,名叫莫穆斯……他大概一点儿也不像克拉姆。可是村子里居然有人硬说莫穆斯并非别人,就是克拉姆……有人对巴纳巴斯说,那位官员就是克拉姆,事实上两人确有相似之处……"莫穆斯负责克拉姆在村里必须处理的文书工作,村里向克拉姆提出的所有申请都由莫穆斯首先受理。他"以克拉姆的名义"对 K 进行讯问,并将详细情况记录在村记事簿上。可是,"克拉姆不可能每一份记录都看,他甚至一份都不看"。莫穆斯自己也不知道村记事簿的意义何在,他只是履行自己的职责,照章办事而已,并没有任何其他目的,也不可能达到什么其他目的。实际上,村子并不大,但像莫穆斯这样的官员不计其数,比他们管辖的村民还要多。他们工作繁忙,办公室里的文件堆积如山,"柜

---

① 勃罗德:《〈城堡〉第一版后记》,见叶廷芳编:《论卡夫卡》,北京:中国社会科学出版社,1988 年版,第 18 页。

子里塞满了文件,柜门打开时有两大捆文件滚了出来,那些文件都捆成圆圆的一捆,就像人们平时捆木柴一样"。这些文件是迂腐的城堡官员们消遣解闷的对象,他们将其当作紧张的工作去完成。他们不加选择地保存记录,越来越细地进行分类,致使自己失去了分析、判断和行动的能力。同时,这些文件还威胁着人们的自由,控制着人们的命运。这个庞大的官僚机构会做出成堆的决定和决议,这些决定和决议并不拿给任何人看,可是等到大家都已经想不起这件事情时,它又会忽然发出一个完全莫名其妙的指示。更令人匪夷所思的是,村里的人谁也不对这种现象表示惊讶,而是把它看作一种理所当然的正常现象。即使他们并不去执行这道指示(因为根本就没有什么可以执行的),他们也一定会毕恭毕敬地把它接下来,规规矩矩地收在同样无用的记录指示的档案里。这些"莫穆斯"是克拉姆任命的,以克拉姆的名义办事,是克拉姆手中的工具。他们所做的事一开始就得到了克拉姆的同意,但这些事永远也到不了克拉姆那里。[同样的怪圈也体现在《审判》中:如果谁对检察机关有什么愿望的话,就不得不去求助其下属机构,但后者丝毫不起作用,只是充当"传话筒"的角色,传达上级的指令,这样一来,人们不但无法接近那个真正的检察机关,而且也永远不会使自己的愿望到达那儿(见《残章断篇》收录的《法院》一章)。]然而,莫穆斯们的记录是让K见到克拉姆的唯一途径,因此,K永远也见不到城堡里的最高当局。

综上所述,《审判》和《城堡》中的官员们虽身居高位,却不能履行其职能,从本质上说是处于"缺席"的状态。由此导致,主人公K

们在寻找《审判》里的法官或《城堡》里的老爷时,总是遭遇两种令人沮丧的情形:要么主人不存在,而扮成他仆人的人通过冒充成了主人;要么主人存在,但是他只通过他的仆人们显露出来,目的是为了折磨K们,使其永不能脱身。主人公在"寻找"的道路上总会遇到各种各样的障碍,这些障碍是无数使人疲惫不堪的迷宫,是它们的机器和官僚机构,是使一切责任减弱和消失的让人捉摸不透的等级。在两部小说中,主人公K都有在迷宫里找不到出路的痛苦体验:银行襄理K寻找法庭时在走廊和阁楼楼梯上迷失方向,在大教堂里找不到出口;土地测量员K在积雪的道路上迷路,到不了城堡,也回不了客栈。从本质上看,K们一直在寻找最高法官,或是寻找城堡的主人,或是寻找法律,没有片刻安宁;他们还求助了一切可以求助的人,利用了一切可以利用的关系。但是,他们无论使用什么办法都徒劳无益,永远也达不到目的。在这一点上,卡夫卡的《城堡》似乎是受到德国哲学家叔本华(Arthur Schopenhauer)的影响,后者曾言:"我们万不能由外而去抵达万物的真性。无论我们探索得怎样多,我们所能及到的无他,只有印象和名词罢了。我们好比一个人绕着城堡走来走去,总找不到一个入口……"①这一点可以从小说的结构上得到证实:几乎每一章都以主人公K开头,表达出他充满自信、对抗性的情绪,但到结尾时,他总是对事态失去控制,发现自己的假设有严重的缺陷。卡夫卡凭借其对法律门外汉的悲惨描述而著称,这

---

① 曾艳兵:《西方现代派文学研究》,天津:天津人民出版社,1993年版,第43页。

些受害者寻求法律,就好像它是保护、秩序和接受的象征一样,但现实往往是,他们被法律无情地玩弄,不得不在看门人和行政人员之间来回穿梭,经历一个令人疲惫不堪、无休无止的拖延过程,结果发现法律是一堆令人失望的、难以捉摸的规则。"法"虽然近在咫尺,但对于 K 们来说却难以企及,他们永远也进不去,直至精疲力竭,付出生命的代价。

## 第二节 法律代理人

### 一、《审判》中的法律代理人

从表面上看,法律是一个虚无的存在,它来源于主观的创造性想象。然而,这一事实恰恰表明的不是人的自由,而是人的不自由。法律的真正威慑力在于它的无处不在。最突出,也是最直接的体现就是执法者的工作场所。小说《审判》中描述了两种形式的法院:司法大楼里的法院和设在居民楼阁上的法院。法院办公室延伸到出租公寓的阁楼、画家的住所、律师的私宅,法院的刑房设在 K 供职的银行的杂物仓库,法院的刑场位于市郊的采石场。正是由于法院控制着 K 的全部生活,它才必须保持灵活机动,它的临时的表现形式——居民楼阁楼上的法院更加具有威慑力。在小说中,"法"的审判力量不是由某单一官方的权力执行者实施,而是通过普通人对法的权威的一致认同来实现的。"法"的威慑力延伸到每个个体身上,以此渗透到社会生活的方方面面,构成普遍的审判力量。被捕之后,K 便失去了个人隐私,他的诉讼成了大家谈论、关注的焦点,连那些素不相识的人现在都知晓了他的名字。他被捕的消息不胫而走,法院看守、房东太太、银行职员,甚至他的客户都知道了他的遭遇。K身边的形形色色的人都扮演着"法律代理人"的角色,他们自觉担当起权力和命令的执行者,替代法官行使审判的权力,断言K"罪犯"的身份。正如米兰·昆德拉(Milan Kundera)在《被背叛的遗嘱》中所言:"人们让他(指约瑟夫·K——笔者)变得有罪。人们使他产生犯罪感。"[①]如K在极度疲惫的状态下产生的幻觉:格鲁巴赫太太的房客们始终结成一帮,浮现在他的眼前;他们张着嘴,磕头碰脑地挤在一起,就像一个控告合唱团。这些"法律代理人"虽然都是旁观者,不直接参与K的案件审理,但与"法"有着千丝万缕的联系,一如K所感慨:"居然有那么多的人跟法院串通一气!"K与这些人的相遇没有帮助他获得正义与自由,相反,每一个场景都增强了他的困惑和失败感。

前来找K办理业务,"时不时会听到法院里的事"的工厂主奉劝K对自己的案子"千万不可有一丝一毫的疏忽",为了"帮助"K,工厂主将他引荐给画家梯托雷里。梯托雷里是介于当局和被告之间的一个中间人物。这个放荡不羁的艺术家式的人物似乎是以1891年死于神经错乱的画家施陶费尔-伯恩为原型塑造的,1911年12月初卡夫卡读过奥托·勃拉姆的遗作中该画家的自传记述。梯托雷里凭借自己的艺术才能为法院的权威势力推波助澜,现实中的法官"个子矮得像个侏儒",而梯托雷里却把他画成身材高大、威风凛凛

---

① 米兰·昆德拉:《被背叛的遗嘱》,余中先译,上海:上海译文出版社,2003年版,第217页。

的样子,将其坐着的餐椅画成高高在上的镀金的宝座,还在法官的脑袋周围画上象征着至高无上的神圣的光圈。由此可见,梯托雷里将法官奉若神明,用艺术符号构建"法"的无边权力。梯托雷里受法官委托画的肖像反映出法院象征性的无所不在。这些画像也出现在律师办公室里,有位法官还向梯托雷里透露,他要把这幅画送给一位女士。(在《城堡》中,类似于法官身份的城堡总管的画像也出现在村子的客栈里。)表面上,梯托雷里掌握着为法官画像的各种规则,"要画不同头衔的法官,就得有各种各样、五花八门,特别是秘不可宣的规则。可除了一定的世家外,谁也不会知晓这些规则"。实际上,他是掌握着法院的秘密,而他的法院画家的头衔是世袭的,因此法的秘密便永远禁锢在他们这些代理人手中。梯托雷里"为法院工作","是法院信得过的人",他甚至对 K 做出了乐观的承诺——"要把你解脱出来,有我一个就行了"。梯托雷里还声称自己讲起话来像是一个"法学家",因为"老跟法院那帮人打交道,久而久之,潜移默化,就变成了这样","我小的时候,每当父亲在家里谈到案子的事,总是听得很仔细;还有那些到他画室里来的法官也总是谈法院的事,在我们这个圈子里,这简直就是唯一的话题了。等到我有了自己上法院的机会,我总是充分利用这些机会去关注那些处于关键阶段的案子,而且,只要案子不是遥遥无期,就关注到底"。法院的触角延伸到画家的住所,那里的空气与法院办公室的一样,"污浊霉腐","几乎令人窒息"。梯托雷里凭借为法官画像的特权,获得了甚至高于法官的权力和地位。他掌握着通往法院办公室的房门钥匙,而法官要想进入办公室,就必须从他的床上爬过去,这时梯托雷里会因被吵醒而冲着法官不绝地叫骂,让人顿时失去了对法官的崇敬之情。凭借自己的经验,梯托雷里向 K 透露了法院不为人知的内幕——诉讼的成败取决于当事人与法院建立起来的微妙的关系。有的时候,法院会将一个莫须有的罪名强加在被告身上。起诉不是随随便便提出来的,法院一旦提出起诉,就会认定被告有罪,这种信念是很难改变的。

画家梯托雷里继而告知 K 无罪开释的三种可能性:真正开释、假释和拖延审理。真正开释是最理想的,虽然法律中有无罪者应无罪开释的规定,但现实中没有任何一个人可以得到这种判决,而且现实中的低级法院无权判处被告无罪开释,这种权力由最高法院掌握,而最高法院是人们无法接近的。假释是让案卷不停地辗转于审理程序之中以及各个级别的法院之间,被告也就面临着再次被捕的命运,而一旦被捕,案子就得重新审理,不过,又会像前一次一样,有可能再次争取到无罪开释,但第二次无罪开释依然还不是最终判决,有第二次无罪开释,就会有第三次逮捕,跟着第三次无罪开释,还会有第四次逮捕,依此类推,没有穷尽。拖延审理是让案子始终徘徊在最初的诉讼阶段,但这一方面需要被告时时密切关注案子的情况,定期去找主办法官,想方设法跟他拉好关系;另一方面,为了掩人耳目,让人觉得案子没有停下来,法院得持续不断地运作,传讯被告,进行调查,等等,如此一来,被告也就永远摆脱不了案件的纠缠。这三种可能性充分暴露了逻辑上的谬误,展示了一个荒诞叵怖、令人绝望的世界,传递的信息是,K 永远也逃脱不了法院的掌心。正如小说的德文题名"Der Prozess",意思是"过程",暗示了 K 的案件永不终结。画家梯托雷里向 K 透露的法律诉讼的潜规则,使 K 越来越清楚地意识到,自己原先想尽快获得无罪判决的期望,不仅可笑,而且可悲,其实就连想尽快获得哪怕是有罪的判决也将会是遥遥无期的奢望。

与 K 有着相似遭遇的谷物商布洛克频频向 K 传达他有罪的讯息,"我们都知道你是一个被告。像这样的消息早就不胫而走了","从你的嘴唇斑纹看来,你肯定会被判罪,而且就在不久的将来",并规劝 K 服从法的判决,"任何共同对付法院的行动都是徒劳无益的"。谷物商身体力行地告诫 K 关于法的规则,想让 K 同他一样为自己的案件四处奔走,八方求助,"对于一个嫌疑犯来说,动胜于静,因为谁静而不动,谁往往就会不知不觉地坐上了天平,从而一同称定了他的罪孽"。谷物商把诉讼当作自己的第二天性,为了打赢官司,他不放过任何可能对他有用的机会,为此聘请了六个律师。他的生意每况愈下,因为他把所有的金钱和精力都倾注在案子上。他甚至以奴仆的身份住进律师家中,随时恭候召见,平日里会一刻不停地研读律师借给他的法律文件,他还会经常去法院打探消息。可是,五年了,他的案子还没有任何进展。"尽管已经屡次审理,我每次都到场,我搜集证据,连所有的账簿都交给了法庭。我后来才知道,根本就没有必要这么做。我一再来到律师这里,他也呈递了各式各样的辩护书。"但这些辩护书后来证明全是废纸一堆,虽然写得深奥莫测,但是言之无物,很多笔墨都是对法官的阿谀奉承,或是律师的自吹自擂,他们甚至没有要求或者设法争取过法院确定审理案子的日期。

教堂神甫同样属于法院,为法院效力。他与 K 初次见面,就识破了他"被告"的身份,还知晓他的案件的诉讼程序,并警告他案子的结果不容乐观:"他们认为你有罪。你的案子也许永远出不了低级法院的审理。至少从眼下来看,他们认为你的罪有根有据。"当 K 辩称自己清白无辜时,神甫驳斥道:"凡是犯罪的人都喜欢这么说。"神甫时时刻刻维护法的权威,一听到 K 抨击法院,就压抑住自己那温存的天性,甚至对 K 大吼大叫起来。《在大教堂里》一章中充满着不祥的预感。黑暗、空旷的大教堂的氛围背景和各种细节都起到了烘托作用。最明显的是 K 在大教堂的圣坛上看到的一幅基督入墓图,这幅图像是在 K 的手电筒光亮的帮助下逐渐拼接起来的,这是一种具有讽刺意味的提示,点明他的死期快到了。

为了让他更清楚地认识到自己的处境,神甫最后给 K 讲了一则写在法律引言中的寓言故事《法的门前》(*Vor dem Gesetz*)①。故事的大意是:在通往法的大门前站着一个守门人,有一个从乡下来的人走到守门人跟前,要求进去,但遭到了守门人的拒绝,乡下人一直守在法的门外等待,直到弥留之际,守门人才告诉他,这道门只是为他而开的,现在要关上了。这是一则充满了悖谬的寓言故事:一方面,通往法的门永远是敞开着的;另一方面,门口又站着守门人。一方面,守门人答应乡下人以后放他进去;另一方面,他又始终不肯放行。一方面,乡下人始终未能进去;另一方面,这道门又是预先指定

---

① 《法的门前》写于 1914 年,卡夫卡钟爱这则寓言,曾于 1916 年将其单独出版,后收于 1919 年的小说集《乡村医生》中。

为他而开的。K一开始把这个寓言的寓意简化为"守门人就这样捉弄了这个乡下人",使他成了"等待戈多"式的傻瓜,但神甫并不认同K的见解,而是一层层地揭示了其他意义。在这样做的过程中,他没有一次性提供他自己的解释,而只是陈述了一些未指明的解释者的观点。因此,K和神甫之间的对话伴随着一些匿名的声音,其中一些声音是统一的,还有一些是不和谐的。让K感到沮丧的是,正如神甫所展示的,解释是一个复杂的、开放式的过程,而不是一个通向真理的线性旅程,因此,所有这些都不是真正的解释,而只是必要的解释。在这一点上,它类似于K的审判,一个最终的判决从来没有说出来,正如神甫所言:"判决是不会突然而来的,诉讼程序不断进展,最终才能过渡到判决。"显然,K对这种缺乏结局的状态感到沮丧,因为他需要确定性,需要一个明确的解释。神甫说的寓言故事出现在小说的一个决定性时刻,在K被处决前的那一章,这似乎与K有明显的关联。根据神甫的说法,这个故事是法律引言的一部分,它位于法律之前,是通往法律主体的通道,但就像故事中字面意义上的门一样,它实际上是一个障碍、一个绊脚石。神甫通过这个故事晓谕K"法"的规则:"法"是有的,但通往法的道路障碍重重,要找到"法"是不可能的。不过,虽然"法"的缺席让法律得不到进一步的解释,但法律的威力通过禁止和拒绝的言语、行为让人真切、具体地感受到了。人只能低头服从命运的安排,一切申诉都是无谓的。

《法的门前》是《审判》的画龙点睛之笔,与小说情节构成了一种互为释义的自我循环的互文性关系。从结构和内容上看,这则寓言故事与《审判》是高度一致的,甚至可以说,它就是整个小说的一个微缩型版本:乡下人来到法的门前一心想进入,正如 K 想方设法地要进入法的内部;乡下人在法的门前白白等待了一辈子,就是 K 在这一年中四处奔走,结果落得两手空空的真实写照。故事中的守门人亦是法律的代理人,他受雇于法,把持着法的权力,如神甫所言:"无论他以什么样的形象出现在我们的眼前,他毕竟是法的仆人,也就是说他是属于法的,因此便超脱于人们的评判之外。……他是受法的指定来尽守职责的,怀疑自己的尊严就等于怀疑法本身。……不必把他所讲的一切都看成是真的,只需把它看成是必然的。"在神甫眼中,"法"是神权的体现,不可侵犯、不容置疑,人们不仅要信仰它,还要无条件地相信并服从它的代理人。在"法"的授意下,"谎言被说成是普遍的准则",即现存的世界秩序是建立在谎言之上的——这种令人沮丧的信仰自然无法带给 K 内心的自由。在卡夫卡看来,这样的世界是让人绝望的,他在 1918 年 2 月 4 日的日记中写道:"在一个谎言的世界上,谎言不会被任何东西,包括其对立面赶出这个世界,而只有在一个真理的世界降临时才会滚开。"[1]卡夫卡在这里不仅揭露了个别的法庭的真相,而且还把法律本身作为与人陌生的、敌意的力量来揭露,"法律面前人人平等"这一资产阶级的幻想当作谎言被揭露了。守门人阻止乡下人进入那道本是为乡下人所开的大门,他以他的权力,以当权者的等级制度相威胁,声称如果乡下人不顾他的禁令,试图往里闯,就会遭到重重叠叠的守门

---

[1] 卡夫卡:《卡夫卡日记选》,见叶廷芳编:《论卡夫卡》,北京:中国社会科学出版社,1988 年版,第 749 页。

人的阻拦,最终会以失败告终。而这可能只是守门人用来吓唬乡下人的幌子,想让他知难而退。事实上,乡下人也明白,这第一个守门人才是"他踏进法的门的唯一障碍"。乡下人的确被吓住了,也渐渐地失去了求见"法"的信心和力量,他在地位上降低了,只能蜷缩在法的门边的一只小凳子上等待。慢慢地,他再也无法直起自己那僵硬的躯体,他的目光变得模糊不清,听觉越来越差,语言表达能力也退化了,只能喃喃嘀咕,躯体也越来越小。守门人只好深深地俯下身子听他说话,这样的姿态让乡下人处一个非常不利的地位。他在道德上的要求也被降低了,居然使出行贿和诱骗的手段恳求守门人放他进去;他在智力上也同样被降低了,变得孩子气似的,竟去恳求守门人衣领上的跳蚤代为说情。最后,他没达到目的便死了。

这则寓言故事隐喻了法的神秘与伪善。如同乡下人,K一直在法的门前徘徊,却始终无法真正进入它的领地,直至被处死时,K仍感到迷茫和困惑:他未曾谋面的那个法官在哪里?他从未进入过的那个高等法院又在哪里?正如米兰·昆德拉所指出的:"在卡夫卡那里,机关是一个服从它自己的法则的机械装置,那些法则不知是由什么人什么时候制定,它们与人的利益毫无关系,因而让人无法理解。"[①]马克斯·布罗德在《审判》(又译《诉讼》)的第一版后记中曾指出,作者卡夫卡认为《审判》这部长篇小说尚未完成,在已经收入本书内的最后一章之前,还应描写这个神秘案子的某些阶段。可

---

[①] 米兰·昆德拉:《小说的艺术》,孟湄译,北京:生活·读书·新知三联书店,1992年版,第98—99页。

是,他又认为,这个案子永远不能进到最高法院,因此,在某种意义上,这部小说永远不会完结。① 乡下人显然被守门人所代表的陌生的法律制度迷住了(这种被吸引的力量也传染给了K,K"深深地被这个故事吸引住了")。守门人代表一种自成一体的制度逻辑,权力之所以吸引人,是因为它有其独特的明晰的诱逼性。乡下人不是受到法律的迫害,而是受到法律的吸引。法极具诱惑力,只有当人们真正走近时,它才会露出狰狞的面目。这一点把乡下人的命运和K的道路关联起来:尽管法院干涉K的生活,逮捕并最终处决他,但K却是出于自己的自由意志而主动接近法律的。正是K在早晨自己拉铃叫来了逮捕他的看守,因为人的内心会在一种负罪感的指使下遵守种种法律规章。虽然K将法院视为自己的敌人,但事实上,他与法院之间存在着一种奇怪的亲缘关系,这种亲缘关系似乎是对K内心思想的回应,甚至是由K内心思想所塑造的。法院和他自己的思想之间的这种神秘的联系使他与这个机构更加紧密地联系在一起,这个机构对他来说不再是外在的,而似乎延伸到了他内心最深处、最黑暗的角落。K在找寻初审的审讯室时想起了看守说过的一句话:"罪过对法院存在着一股吸引力。"于是,他坚信,审讯室就位于他偶然选择的那道楼梯旁。犹如乡下人,在生命的尽头,在视力几乎完全丧失的境况下,才看到一道光芒从法的大门里射出来,永不休止,此时他才被告知那道即将关闭的门只是为他开的。K在临

---

① 勃罗德:《〈诉讼〉第一、二、三版后记》,见叶廷芳编:《论卡夫卡》,北京:中国社会科学出版社,1988年版,第14页。

死之时,看到一个人从窗户里探出身子,两只手臂伸得老远,强烈的求生欲让 K 幻想:这是谁？一个朋友？一个好心人？一个同情他的人？一个愿意帮助他的人？是单独一个人？是所有的人？还有人愿意帮助他？K 同乡下人一样,都陷入了一种怪圈,救赎总是带有迟到的色彩,只有弥留之际才能如愿以偿,因此他们永远得不到救赎。

一得知 K 的案件,K 的叔叔卡尔便匆匆从乡下赶来看望他。叔叔是 K 从前的监护人,在 K 心中有着举足轻重的地位,K 对他也抱有特殊的感恩之心。当 K 佯装不知叔叔为何而来时,叔叔警告他说这是"不祥的兆头";当 K 告诉叔叔这不是一件普通法院受理的案子时,叔叔反复说道:"那就糟了。"叔叔对侄儿的消极状态大惊失色:"一个无辜的被告,如果他还有理智的话,不会采取这样的态度。"他声称,像 K 所卷入的这种官司,不打便意味着输了。小说中叔叔卡尔对 K 的"审判"让人不难联想到卡夫卡自己的叔叔对他的文学创作的"审判"。在 1911 年 1 月 19 日的日记中,卡夫卡记载了他在一次家庭聚会中的遭遇。出于虚荣,卡夫卡想炫耀一下自己新近创作的一部长篇小说,他将稿纸摆在桌上,他的叔叔粗略地看了其中几张,又递还给了卡夫卡,叔叔什么也没说,脸上连一丝敷衍的笑意都没有,只是用鄙夷的口气对身边的人说:"一般得很。"卡夫卡顿时备受打击,他感到:"我实际上被一脚踢出这个社会了。叔叔的判断在我心中不断响起,我觉得几乎具有了真实的意义,从而使我得以在家庭感情内部也看到我们的世界那寒冷的空间……"①这次经历让卡夫卡遭受到挫败感,失败成了他的人生及其作品的一个永恒的母题,他把自己归到那些注定要失败的人之列。他对自己的作品很不满意,将自己写的东西判定为"无用的碎纸片"②,"孩子的涂鸦"③。正是这个原因,卡夫卡在生前很少发表自己的作品,在马克斯·布罗德出版的第一部6卷本的卡夫卡作品里,卡夫卡自己发表过的不足1卷[只有短篇小说《一场斗争的描述》的两个片段(1909),作品集《观察》(1912),长篇小说《美国》的第一章《司炉》(1913),短篇小说《判决》(1913)和《变形记》(1916),作品集《乡村医生》(1918),短篇小说《在流放地》(1919),以及作品集《饥饿艺术家》(1924)]。卡夫卡甚至在离世前销毁了自己的一部分手稿、十大本四开本的本子,以及更多的其他本子。他还在遗嘱中托付好友马克斯·布罗德将其所有作品付之一炬,原文是这样写的:

> 最亲爱的马克斯,我最后的请求:我遗留的一切(在书箱里、五斗橱中、写字台内,在家里或办公室,或被移到其他什么地方并引起你注意的)日记、手稿、书信、别人的和自己的、图画

---

① 卡夫卡:《卡夫卡书信日记选》,叶廷芳、黎奇译,天津:百花文艺出版社,2005年版,第8—9页。
② 卡夫卡口述,雅诺施记录:《卡夫卡口述》,赵登荣译,上海:上海三联书店,2009年版,第141页。
③ 恩斯特·帕维尔:《理性的梦魇:弗兰茨·卡夫卡传》,陈琳译,北京:法律出版社,2013年版,第76页。

及其他,毫无保留地、不加阅读地予以烧毁,还有你或其他人手头一切写的和画的,在别人手头的,你应以我的名义索回。人们不愿交给你的信,至少要叫他们保证自己烧掉。

你的弗兰茨·卡夫卡①

  在生命的最后时刻,卡夫卡对自己的作品判处了"死刑",此时的他知道自己走进死胡同里了,他的一生是失败的一生,他到底也没有看到生活中最主要和重要的事物,并将其记录下来,所以他说:"在巴尔扎克的手杖柄上写着:我在粉碎一切障碍。在我的手杖柄上写着:一切障碍都在粉碎我。共同的是:'一切'。"②同作家卡夫卡本人一样,小说中的K亦从叔叔卡尔的言语中感受到自己已经被家庭,乃至社会抛弃,这暗示着K的诉讼会以死罪告终。

  在《审判》中,女人们扮演的角色也不容小觑。K发现自己总是被女人们包围着,她们审视着他的生活,甚至直接干预他的案件。K的叔叔卡尔是从女儿爱尔纳的信中得知了K被捕一事,爱尔纳还嘱咐他,下次进城时务必要过问一下这件事,如果有必要的话,可以向那些颇具影响力的亲朋好友寻求帮助。正是在女儿的提醒下,叔叔才想起他的一位律师朋友——胡尔德,并决定聘请他为K的辩护人。在K被逮捕的那天早上,他注意到对面楼上的老太太异常好奇

---

① 卡夫卡:《卡夫卡书信日记选》,叶廷芳、黎奇译,天津:百花文艺出版社,2005年版,第159页。
② 卡夫卡:《残稿选译》,见叶廷芳编:《论卡夫卡》,北京:中国社会科学出版社,1988年版,第760页。

地注视着他,这个老太太随后跟着他从一个窗口到另一个窗口,目睹了他在看守手中受到的羞辱。最初的审讯不是在K的房间里进行的,而是在他的一个邻居——毕尔斯泰纳小姐——的卧室里。毕尔斯泰纳小姐本人不在,但她那件白衬衣却挂在窗户的把手上,仿佛目睹着面前发生的一切。毕尔斯泰纳小姐的朋友蒙塔格小姐在与K交谈时,总是一个劲地盯着他的嘴唇,她自认为这样就可以左右他要说什么(见《残章断篇》收录的《毕尔斯泰纳的朋友》一章)。法院听差的妻子对K直言:"你头一回来这里时,立刻就让我盯住了。"在行刑前,K被刽子手剥去了衣衫,他赤裸着上身靠在一块石头上,他一边等待着死亡的来临,一边看着远处一个将身子探出窗外的身材瘦小的人,这位没有被进一步描写的观察者不难让人想起从窗口观察K被捕的那位老太太。在西方艺术中,女人经常被摆出诱人的样子,展示给男性观众看,但在这里,男主人公发现自己暴露在这些女人咄咄逼人的目光下。在K与女性的交往中,他的角色几乎总是被动的,当律师的女佣莱尼把他拖倒在地上时,她得意地说:"你现在属于我了。"

虽然小说中所有的官员都是男性,但女性在官僚机器和性爱氛围中扮演着重要的非官方角色。前文提到,有位法官声称要把他的画像送给一位女士。法官要求画家用极具挑逗性的水粉颜色作画,这幅画以一个站在高脚宝座上背靠中间的正义女神画像为背景,正义女神手里拿着天平,但戴着遮眼罩,呈现出奔跑的姿态,而且脚后跟还长着翅膀。显然,在这种状态下,正义女神手中的天平就会摇摆不定,也就不能保证判决的公平。这让她看起来并不像"正义女神",而更像是一个"狩猎女神"。这与主人公 K 遭遇的司法制度所奉行的基本原则是一致的,司法追求的不是公平正义,而是自己的"猎物"。显然,这位法官要捕获的猎物就是这幅画的赠送对象——那位女士。在小说中,法院的权力与性分不开。摆在审讯台上的法典是淫秽书籍;学法律的大学生抱起法院听差的妻子送给法官;法官们都是好色之徒,"只要远远看见有女人送上门来,就迫不及待地要撞翻办公桌和被告,冲上前去"。

在某种意义上可以说,小说里的女人们是法院派来引诱 K 上钩的诱饵,她们表现出种种诱惑,让 K 在其坎坷的诉讼之路上不加反抗地沉迷其中。毕尔斯泰纳小姐生性放荡,"每次都和另外的男人在一起";法院听差的妻子听凭预审法官情欲的摆布,甚至"一头栽进他的怀抱里恋恋不舍",她还"把裙子直撩到膝盖上",想方设法地勾引 K;莱尼不道德的私生活源自她对所有被告的兴趣;K 每周要去看一次的姑娘爱尔萨"白天在床上接待来客";就连画家住所过道里的女孩子们的面孔都"混合着天真幼稚与放荡不羁",她们用"水性杨花的样儿"与"富有刺激性的挑逗的目光"诱惑着 K,画家声称她们是"法院子弟";检察官哈斯特尔的情人海伦为了勾引 K,不是摇摆着身子在屋子里荡过来荡过去,就是坐在 K 的旁边,还裸露出她那肥圆的背靠在桌子上,把脸贴近 K,想这样迫使他抬起眼睛来看一看(见《残章断篇》里收录的《检察官》一章)。另外,值得注意的是,每当 K 和一个女人纠缠在一起时,都会有一个男性对手潜伏在他的背后,无论是扰乱他与毕尔斯泰纳小姐约会的格鲁巴赫太太的侄子、抱走法院听差妻子的大学生,还是和莱尼纠缠在一起的律师胡尔德及谷物商布洛克。在整部小说中，K 的欲望被卷入了三角形的结构中，而男性对手的出现让这些女人看起来更有吸引力。K 愿意与这些女性交往，无非想利用女人们与法的关系为自己的官司寻求帮助，或是通过击败并羞辱他的性对手，对迫害他的司法机关进行报复。他盘算着，要对预审法官和他的帮手进行报复，最合适的途径就是把这女人从他们手里夺过来，据为己有，这样等到深更半夜，预审法官费尽心机地写完关于 K 的谎话连篇的报告后去找这女人，却发现床上是空的，因为她是 K 的人了。随着小说情节的发展，K 越来越依赖他所遇到的女人，极力寻求她们的帮助和建议，他希望通过接近这些"法"的延伸代表来接近"法"，窥探"法"的真相。但这种策略出现了越来越多的缺陷，其效果甚至适得其反。在后来与 K 的交谈中，神甫一针见血地指出，K 过于寻求外界的帮助，尤其是从女人那儿，而这些都不是"正儿八经的帮助"。这些女人成了 K 斗争和痛苦的原因，最终将 K 拉入罪与罚的深渊。

  K 的女房东格鲁巴赫太太断定 K 的案件关系到他的命运，她为此"牵肠挂肚"。当 K 在被捕的当晚与她谈起白天的遭遇时，格鲁巴赫太太的神色变得有些不安。而当 K 保证"这样的事将来不会再发生"时，她显得更加忧郁起来，并轻声说："在这个世界上，没有不会发生的事！"格鲁巴赫太太的言谈举止一步步地挫败了 K 的自信心。在最后的总结阶段，K 提到他的官司是"地地道道的无中生有"，他希望同格鲁巴赫太太握手以"确认这样一个不谋而合的看法"，然而，格鲁巴赫太太并没有同他握手，就像前来逮捕他的监督官一样，只是带着哭腔说："K 先生，你可别把事情看得那么严重。"这句话让

K感到"突然疲倦了",他失去了在案件中的优越感,仿佛提前被判了死刑。

K的邻居毕尔斯泰纳小姐在案件审理之初就做出了K是罪犯的定论,认为被审查委员会钉上的人就肯定是个重犯。而她自己也和法律有着不解之缘,声称自己对法院的事很感兴趣,将来还会充实这方面的知识,下个月就到一家律师事务所当职员。在K被捕后,他跟毕尔斯泰纳小姐的关系似乎也随着案子的变化而动摇不定,毕尔斯泰纳小姐后来干脆对K避而不见,像躲避瘟疫一样躲着他,对K寄来的信件也不回复。在K纠缠不休的情况下,她干脆委托她的朋友蒙塔格小姐向K传达她不想与之谈话的决心和理由,她认为,K无论如何也不会在乎这个谈话的,他只是一时心血来潮,动了这样的念头,这样做是很荒唐的,而且她深信,即使真的谈了话,对谁也都不会带来好处(见《残章断篇》里收录的《毕尔斯泰纳的朋友》一章)。在《结局》一章中,被刽子手架着的K再次邂逅毕尔斯泰纳小姐,邂逅这位未经委托的"法"的女帮手,她的出现就像一个告诫,向K敲响了警钟,让他领悟到自己的罪:

> 我始终希望长着二十只手进入这个世界,而且是为了一个不为人所赞同的目的。这是不对的,难道现在要我表明甚至连这持续一年的官司都没有教会我什么吗?难道要我作为一个理解迟钝的人离开这个世界吗?难道说我能容许他们在我死后说,我在案子一开始就想结束它,而现在到了案子结束的时候却又想让它重新开始吗?

此刻 K 意识到,由于心绪不宁和草率肤浅,他错失了进入自己的生活中枢的机会。正如1917年卡夫卡记下的话:"人犯的全部错误都是焦灼,对有计划的事物的一种过早的结算,对虚假的事情的一种虚假的介绍。"①K 自知,他虽没有违反现实中的法律,但从道义上讲,他又不是全然无辜的。在此番自我反省的作用下,随着诉讼向前进展,K 就越来越难以调动起可以让他固守正常状态的、防御正在心中牢牢扎下根来的罪责感的必要能量。所以到了最后阶段,K 不再反抗,而是顺从地赶赴刑场,甚至有意避开可以向之求救的警察,因为他明白,"反抗是徒劳无益的。即使他反抗,给他的陪伴制造困难,企图在反抗中还要享受生命的最后之光,也说不上是什么英勇行为"。在某种意义上,通过服从法的判决,K 获得了真正的自由,正如卡夫卡所论述:"究其根本,人只因承担责任才是自由的。这是生活的真谛。"②受到法的判决的 K 也是快乐和幸福的,卡夫卡在1911年11月2日的日记中幻想着刀子戳进心脏时的感受,"今天早晨许久以来第一次尝到了想象一把刀在我心中转动的快乐"③。同样,卡夫卡在1921年的日记中写道:"惩罚到来之日,就是幸福产

---

① 彼得-安德列·阿尔特:《卡夫卡传》,张荣昌译,重庆:重庆大学出版社,2012年版,第407页。
② 卡夫卡著,叶廷芳主编:《卡夫卡全集》(第5卷),石家庄:河北教育出版社,1996年版,第403页。
③ 卡夫卡:《卡夫卡书信日记选》,叶廷芳、黎奇译,天津:百花文艺出版社,2005年版,第14页。

生之时,我是多么自由地、确信无疑地、愉快地欢迎惩罚啊。"①

此外,毕尔斯泰纳小姐与卡夫卡的女友菲莉斯·鲍尔(又译菲利斯·鲍尔或费丽丝·鲍尔)具有相似的特征。卡夫卡在书信中称菲莉斯·鲍尔为"F. B. 小姐"。德语中,鲍尔(Bauer)和毕尔斯泰纳(Bürstner)的首字母都是 B,在小说手稿中,卡夫卡通常将毕尔斯泰纳的名字缩略为"F. B."的大写花体字。卡夫卡和菲莉斯于 1912 年 8 月 13 日相识于马克斯·布罗德的家中(菲莉斯·鲍尔是马克斯·布罗德妹夫的堂妹),随后两人互生情愫。经过半年的交往,卡夫卡向菲莉斯求婚。卡夫卡曾两次(1914 年和 1917 年)与菲莉斯·鲍尔订婚,并在 1914 年 4 月 21 日的《柏林日报》、4 月 24 日的《布拉格日报》上分别刊登了订婚启事。他还用饱含深情的口吻声明:"可以肯定,F(指菲莉斯——笔者),我以往做任何事都不曾像我们订婚以及现在这样明确而肯定地怀有这种感觉:我做了某种好事和无论如何必须做的事了。"②在订婚之前,卡夫卡给菲莉斯写了近 400 封情书,并在他最为得意的短篇小说《判决》的扉页题上"献给菲莉斯·B. 小姐的一个故事",由此可见菲莉斯在卡夫卡心中的地位。但正是这种偶像般的地位,让卡夫卡感到前所未有的压力,加之心理上的缺陷,卡夫卡对婚姻感到恐惧,这也影响了他与菲莉斯的爱情。卡夫

---

① 海勒:《卡夫卡的世界》,见叶廷芳:《论卡夫卡》,北京:中国社会科学出版社,1988 年版,第 177—178 页。
② 彼得-安德列·阿尔特:《卡夫卡传》,张荣昌译,重庆:重庆大学出版社,2012 年版,第 367 页。

卡用尽一切热情的语言在情书里倾诉着自己对菲莉斯强烈的爱慕之情,但当菲莉斯屈服于这种柏拉图式的激情,打算相信他的话,幻想着能穿上漂亮的婚纱结婚,甚至更实际地提出要进行怎样具体的操作时,卡夫卡就恐惧地逃跑了。他以各种障碍为借口,试图打消菲莉斯对他能够成为合格丈夫的幻想:他的外表很奇怪,他是个"细嚼慢咽"的素食主义者,他的打扮很古怪——"无论冬天还是夏天,我都穿同一套衣服,不管是在办公室、大街上、书桌前……我从来不穿背心。我成了两件套装的创始人……不要试图改变我,就保持这种距离,然后忍耐我吧"①。在向菲莉斯求婚后,卡夫卡知道陷入了自己设置的陷阱,他后悔不已,热切地恳求菲莉斯不要草率地接受自己的求婚。他在1913年6月16日给菲莉斯的信里写道:

> 我什么都不是,绝对一文不名……想想我们如果结婚会产生什么后果,想想我们两人会得到、失去什么。我会失去可怕的孤独,得到你……而你则会失去你几乎完全满意的生活。你会失去柏林、你喜欢的工作、你的女朋友们、一些小快乐,还有和一个健康向上的好男人结婚的机会,有一帮漂亮、健康的孩子的机会……你可能还会失去所有的小性格……我的收入很可能还没有你的高……②

---

① 恩斯特·帕维尔:《理性的梦魇:弗兰茨·卡夫卡传》,陈琳译,北京:法律出版社,2013年版,第232页。
② 恩斯特·帕维尔:《理性的梦魇:弗兰茨·卡夫卡传》,陈琳译,北京:法律出版社,2013年版,第239页。

卡夫卡未能履行他作为未婚夫的职责,内心对菲莉斯在规划共同的未来时所表现出来的凡俗情趣也颇为反感,他无法摆脱对婚姻前景根深蒂固的疑虑。卡夫卡将自己对婚姻的恐惧归结于糟糕的健康状况和天生的软弱性格,他觉得自己永远无法履行婚姻的义务。此外,还有一个重要的原因,即卡夫卡担心婚姻会妨碍他的艺术创作,他称自己的使命需要苦行生活,自己完全屈从于文学。在1914年3月9日的日记中,卡夫卡写道:"我一直来多么热烈地爱着菲(指菲莉斯——笔者)。主要是出于我的作家工作的考虑,是它挡住了我,因为我相信婚姻对这一工作是有危害的。"[1]在卡夫卡看来,这个原因比他的软弱更加无法克服,对婚姻也产生更具决定性的阻碍作用。在柏林的正式订婚派对之后,卡夫卡在1914年6月6日的日记中写道:"像一个罪犯被捆了起来。如果人们给我戴上真正的镣铐,把我扔在一个角落里,叫宪兵站在我面前,使我只能以这种方式让人观看,那也并不比此事更坏。而这是我的订婚仪式……"[2]后来,情况变得更为糟糕了,因为现在这两个订了婚的人在寻找同盟者,寻找在今后的事态进程中将像诉讼代理人那样出现在法庭上的同盟者。菲莉斯争取到了格蕾特·布洛赫这个态度暧昧的调解人,这让原本就不乐观的婚姻前景雪上加霜。格蕾特·布洛赫对卡夫卡早有爱慕之情,后来两人还频繁通信,互诉衷肠。深受卡夫卡信

---

[1] 叶廷芳:《现代艺术的探险者》,广州:花城出版社,1986年版,第194页。
[2] 卡夫卡:《卡夫卡书信日记选》,叶廷芳、黎奇译,天津:百花文艺出版社,2005年版,第41页。

任的人是作家恩斯特·魏斯,他像卡夫卡稍晚些时候创作的小说《审判》里被告的诉讼代理人那样,撰写呈文,以促使菲莉斯做出让步。最后,1914年7月12日在柏林的阿斯卡尼施霍夫旅馆,出现了一幕类似在法庭中的场景——审理卡夫卡与菲莉斯的婚约问题。参加庭审的人员有菲莉斯、菲莉斯的妹妹爱尔娜、格蕾特、恩斯特,以及被告卡夫卡。菲莉斯的角色变了,现在她已经转为检察官的角色,控告的确凿证据就是她的手提包里卡夫卡写给格蕾特·布洛赫的情书,它们经格蕾特审查后——她剪掉了过分亲密的段落——交给了她。菲莉斯引用其中的很多内容进行了举证,这些对卡夫卡不利的证据充分且无可辩驳。格蕾特公开了卡夫卡写给她的信,还朗读了其中的一些内容,这让卡夫卡感到无比尴尬。在整个庭审过程中,卡夫卡拒绝为自己辩护,并保持沉默,这并不是因为后来菲莉斯所指控的粗暴,而是"因为我没有什么重要的东西想说。我觉得我失去了一切,同时也觉得我可以保留着不说,直到最后一分钟来一个意料之外的忏悔,但是我也没有什么让人震惊的东西可以坦白的"[①]。毫无悬念,这场"审判"的最终裁决是解除菲莉斯和卡夫卡之间的婚约。

因此,可以说,小说中毕尔斯泰纳小姐对K的审判无疑是现实生活中菲莉斯·鲍尔对作家卡夫卡的审判。卡夫卡曾先后两次与菲莉斯·鲍尔订婚,并两次解约。这场反反复复的婚礼筹备过程长

---

[①] 恩斯特·帕维尔:《理性的梦魇:弗兰茨·卡夫卡传》,陈琳译,北京:法律出版社,2013年版,第254页。

达五年之久,让他尝尽了人世间的辛酸与痛苦,堪称一个漫长的诉讼过程。在与菲莉斯解除婚约后,卡夫卡感到十分内疚与自责。同年12月,菲莉斯的父亲突发心脏病离世,这件事更是加深了卡夫卡的负罪感,他认为自己是造成菲莉斯家庭悲剧的根源,他觉得自己应当受到惩罚。而K在赶赴刑场的路上看到的毕尔斯泰纳小姐幽灵般的身影,正是隐藏在卡夫卡心中的罪责的体现,是菲莉斯对卡夫卡未能履行婚姻承诺的判决。卡夫卡把1917年的首次咯血归为与菲莉斯关系的不可忍受的结果。肺病在当年是一种不治之症,咯血就意味着即将死亡,这正是生命被宣判处决时的一种内心体验。在经历这场风波之后,卡夫卡不愿再把时间浪费在个人情感和社交活动上,旅馆的"审判"场景引发了他无限的联想,一个被告约瑟夫·K的形象在他的脑海中呼之欲出。在"审判"中一直沉默不语的卡夫卡终于找到一个可以宣泄内心思想的法庭——小说《审判》。虽然约瑟夫·K所面临的情况与卡夫卡"被未婚妻指控"的情况并不相同,但两者之间的联系显而易见,裁决结果也是一致的——被告均摆脱了巨大的负担,获得了暂时的自由。卡夫卡在写给布罗德和魏尔什的一封信中宣布了自己解除婚约的消息:"事实上,我很清楚这种结果是最好的,因为我觉得这是必要的,我并没有像别人想象中那样着急……"[1]随着自己结婚计划的失败,当个办公室职员以及随之而来的生活保障也就失去了意义,此时的卡夫卡甚至决定放

---

[1] 恩斯特·帕维尔:《理性的梦魇:弗兰茨·卡夫卡传》,陈琳译,北京:法律出版社,2013年版,第255页。

弃自己的工作,离开布拉格,到柏林定居,靠写作来养活自己,不过这个计划因后来爆发的奥地利与塞尔维亚之间的战争而取消。虽然被迫重返布拉格,但卡夫卡还是固执地抵御了一切可能阻碍他的写作进程的因素——菲莉斯、办公室、家族企业和战争。订婚取消数周后,他开始以极大的热情投入《审判》的创作当中,到10月底,大部分章节就已完成。

卡夫卡对女性充满着恐惧和厌恶。他在一次碰巧看到古斯塔夫·雅诺施和一位姑娘在一起时,就直率地对这位少年说道:"女人是陷阱,从各方面窥视着人,想拉他就范。"[1]卡夫卡在1922年4月10日的日记中写道:"那些在我看来走在街上显得最美的和打扮得最妖艳的女人,应该都是坏女人。"[2]卡夫卡对女性的这种感受在一定程度上是受到瑞典小说家斯特林堡的影响,后者的幽灵如守护神一样笼罩着卡夫卡的天空。1914年岁末,卡夫卡开始贪婪地阅读这位作家的小说和传记,当然是带着批判去读的。这位阴郁的瑞典作家厌恶女人,极度恐惧女人会像吸血鬼一样吸干他的创造力——这让卡夫卡感到他和自己很相近——这些和卡夫卡的恐惧在本质上是相同的。卡夫卡也害怕自己身为作家的创造力会被女人消耗殆

---

[1] 卡夫卡口述、雅诺施记录:《卡夫卡口述》,赵登荣译,上海:上海三联书店,2009年版,第177页。古斯塔夫·雅诺施(Gustav Janouch,1903—1968),弗兰茨·卡夫卡的忘年交,比卡夫卡小20岁,是其同事的儿子,经常去卡夫卡就职的保险公司探访他,后来撰写了《卡夫卡口述》。

[2] 恩斯特·帕维尔:《理性的梦魇:弗兰茨·卡夫卡传》,陈琳译,北京:法律出版社,2013年版,第62页。

尽,尤其是他的未婚妻菲莉斯。因为这个女人要将他束缚在办公室或者工厂里,并用装填过多的家具掩埋他。与菲莉斯在边境小镇博登巴赫见面回来的当天,卡夫卡就坦言:"我们在一起时从来没有一刻是快乐的,我没有一刻能自由呼吸……除了在书信中以外,我从菲莉斯身上从未体验过那种和一个心爱的女人在一起时的甜蜜……"①

《审判》中,法院听差的妻子是一名洗衣妇,她处于法律范畴的边缘,扮演着法庭"中介"的角色。K在寻找审讯委员会时,遇上了这位女子。起初,K佯称要找一个名叫兰茨的木匠。这是一个很有趣的细节,K为什么编造出"兰茨"这个名字呢?小说给出的解释是,因为格鲁巴赫太太那个当上尉的侄子就叫兰茨,所以K联想到了这个名字。但实际上,这并不是偶然,其深层逻辑在于,主人公K在某种意义上就是作家弗兰茨·卡夫卡本人(关于小说的半自传性,前文已作解释),而兰茨(Lanz)又恰好与卡夫卡的名字弗兰茨(Franz)在拼写和读音上极其相似,因此可以说,K是在找寻自己。卡夫卡有精心设计自己作品中人物姓名的习惯,也许他对早期弗洛伊德的创作手法有些许了解,想以此探寻这些姓名在潜意识方面的渊源。如小说《乡村婚礼筹备》的主人公叫拉班(Raban),和卡夫卡(Kafka)的名字一样有两个元音,字母数相同,Rabe在德语中意为"乌鸦",而卡夫卡在捷克语中也意为"寒鸦"(kavka)。又如,在

---

① 恩斯特·帕维尔:《理性的梦魇:弗兰茨·卡夫卡传》,陈琳译,北京:法律出版社,2013年版,第269页。

1913年2月11日的日记中,卡夫卡解释了小说《判决》主人公格奥尔格·本德曼(Georg Bendemann)姓名的由来:Georg的字母数与Franz一样多(实际上,Georg也是卡夫卡的大弟弟的名字,他于1887年不幸死于麻疹——笔者);Bendemann中的"mann"是在故事发展尚不明确时,事先为"Bende"加的加强音节;Bende与Kafka的字母数同样多,而且Bende中的两个"e"与Kafka中的两个"a"位置也相同;此外,主人公的未婚妻Frieda的字母数与Felice(卡夫卡的未婚妻菲莉斯)一样多,而且开头的字母也一样(Frieda的意思是"和平",Felice的意思是"幸福",两个意思也密切相关——笔者);主人公的朋友——孤身一人住在俄国彼得堡的商人Brandenfeld与菲莉斯·鲍尔的姓Bauer的首字母相同(feld的意思是"土地",Bauer的意思是"农民",两个意思也密切相关——笔者),也许想到了柏林对这也产生了一定的影响,对Mark Brandenburg(勃兰登堡辖区,德国统一前属于普鲁士王国。柏林即位于该区。卡夫卡青年时期曾与布罗德夫妇游览过这一带)的回忆也许起了作用。[①] 在佯称找寻"兰茨"时,约瑟夫·K自然认为,不会存在另一个自己,所以他压根儿就不期望有人会给出肯定的答复。但当问到法院听差的妻子时,她毫不犹豫地把他请进隔壁房间。K一开始还以为她可能听错了他的话,可那女人肯定地说:"是的,你进去就是了。"她能心领神会地将K领进审讯委员会,是因为她是"法"的代理人,能准确无误地将K

---

[①] 卡夫卡:《卡夫卡书信日记选》,叶廷芳、黎奇译,天津:百花文艺出版社,2005年版,第35页。

领上通往法院的道路,如前文所述,"罪过对法院存在着一股吸引力"。值得一提的是,正是这名洗衣妇在初审时打断了 K 义愤填膺的演讲。当 K 的演讲达到高潮时,他停下来,期待着台下的观众能报以热烈的掌声,然而,整个会场鸦雀无声。随后,洗衣妇的开门声打破了沉默,成功地分散了人们的注意力,这让 K 十分恼火,他俨然成了一个滑稽的小丑。显然,洗衣妇的适时露面不是巧合,而是故意为之,目的是干扰 K 的演讲,打断他对法庭的抨击,挫败他的自信心。在意识到 K 想改善法院制度时,她不屑地问道:"你想要改善现状,你觉得你会成功吗?" K 在随后与洗衣妇的进一步交往中获悉,她甘心做预审法官的情妇,以便获取更多有关法院的信息,进而凭借法官对自己的爱慕之意,给法官施加影响。

莱尼是律师的女佣,因此,她与法庭世界有着间接的关系。莱尼是律师的帮凶,将 K 束缚在法的牢笼里。在得知 K 要解聘律师时,她立刻向 K 扑去,拼尽全力想阻拦 K。当 K 已经踏进律师的房间时,她仍不肯罢休,强行从门缝中插进一只脚,一把抓住 K 的胳膊,想把他拽回去。莱尼与被告们打成一片,她觉得几乎所有的被告都是颇有魅力的,"不能说是负罪使他们具有了那种魅力……也不能说是而后那无可辩驳的惩罚事先已经赋予了他们那种魅力……说到底,他们的魅力只是来自对他们提出的、使他们无论怎样也无法摆脱的诉讼"。由小说可知,对被告来说,这种诉讼是令人绝望的。即使存在真正开释的可能性(如上文中画家所揭示的),也是令人绝望的。也许,正是这种绝望使得莱尼感到这些独一无二的人是美的。莱尼爱这些被告,也被他们每个人所爱。作为一位法律

"爱好者",莱尼知晓很多法庭的内幕,熟悉法院里必不可少的种种阴谋行径。她引诱 K,不失时机地向他传达法院的淫威,劝他改掉自身的毛病,别再那么倔强,要尽早认罪伏法。因为她知道,K 斗不过法院,也无法逃出它的掌心,所以只有认错才是上策。

**二、《城堡》中的法律代理人**

身份不明的外乡人 K 突兀地来到通往城堡的村庄,向村民们既向往又害怕,权势十分强大,关系错综复杂的城堡发起了进攻,他的进攻对城堡来说是一种威胁,是对既定秩序的一种挑战。《城堡》与《审判》的共同之处是,主人公 K 总是只能到达中间主管部门,它们要么杂乱、懒散,要么简直是邪恶。《城堡》的中间主管即 K 寄宿的村庄,在城堡无形力量的作用下,村庄里的每个人都成了城堡非官方的代理人,代替城堡行使着最高当局的权力。这一点在小说的各章节标题中便一目了然,K 在第一章《到达》后,在村子里遇到了城堡中间主管部门的形形色色的代表:第二章《巴纳巴斯》、第三章《弗丽达》、第四章《同女店主的首次谈话》、第五章《会见村长》、第六章《同女店主的第二次谈话》、第七章《教师》、第十二章《助手》、第十三章《汉斯》、第十五章《会见阿玛丽亚》……表面上,他们对 K 彬彬有礼,热情相待,但实际上他们是 K 寻找最高当局途中的拦路虎,是最高当局的帮凶,是带来绝望的使者。每一章都是一个挫折,但也是一次东山再起,K 怀着坚定的信念,一心想担任城堡委派给他的职务——土地测量员。可以说,从另一层面来看,他百折不挠的精神成就了作品的悲剧性。美国学者海因茨·波里策(Heinz Politzer)分析了小说的结构特点和时间的关系:小说从第一章《到达》到第三章

《弗丽达》，不到五分之一的篇幅，却差不多占据了整个故事叙事时间的一半；而其余各章，占据了五分之四以上的篇幅，叙事时间却与前三章差不多。① 其余各章主要是由主人公 K 与村民们的长篇对话构成，如：第四章《同女店主的首次谈话》中 K 与客栈老板娘的对话、第五章《会见村长》中 K 与村长的交谈、第六章《同女店主的第二次谈话》中 K 与客栈老板娘的第二次长谈、第十三章《汉斯》中 K 与村民汉斯的谈话、第十五章《会见阿玛丽亚》中 K 与村民阿玛丽亚的交谈、第十七章《阿玛丽亚的秘密》与第十八章《阿玛丽亚受到的惩罚》中 K 与阿玛丽亚的姐姐奥尔加的长对话、第二十三章中 K 与城堡秘书比格尔的交谈，以及第二十五章中 K 与酒吧女侍佩披的对话。甚至在 K 睡着的情况下，比格尔的发言还在继续。这些长篇对话如同给 K 打开了一扇扇窗子，让 K 获悉越来越多的关于城堡的内幕。而且，这些长篇对话中出现了不属于现在的时间范畴：有的追忆了小说开始以前的旧事，如第五章中 K 和村长的谈话使我们得知土地测量职业的来历，第六章中客栈老板娘向 K 讲述了她与克拉姆曾经的交往，第十五章中奥尔加的叙述让 K 了解到巴纳巴斯一家心酸的往事；有的则涉及超越小说结尾的未来，如第四章中客栈老板娘在第一次与 K 的长谈时提到，克拉姆决不会跟他谈话。另外，在第十三章中，汉斯认为 K"在固然几乎无法想象的遥远的未来一定会出人头地"，但同时他又指出，这个遥远的未来是"荒唐的"。由此可见，

---

① Heinz Poltizer, *Franz Kafka: Parable and Paradox* (Ithaca: Cornell University Press, 1962), p. 248.

小说中针对当下发生的事涉及得相对较少。故事情节的发展越来越缓慢，人物对话越来越冗长，这表明 K 在现实中采取的行动越来越少，他攻入城堡的希望也因此变得越来越渺茫。村庄势力的代表村长、村校教师、酒吧女侍弗丽达、客栈老板娘嘉黛娜、村民阿玛丽亚与奥尔加等人都与 K 作对，他们在交谈中向 K 传达他们与城堡当局打交道的消极经验，这些过往的消极经验不仅指明有关人物的失败，而且对 K 的未来也间接地起着消极作用。在听完客栈老板娘的经历后，K 认识到"我们的事是互相关联的"。这时，老板娘接着说："您想从克拉姆那儿得到什么……我已经把我的情况坦白地告诉了您，您本可以学乖一点。"她想让 K 学到的是，放弃他的努力，因为过去一切人的努力都是徒劳无益、毫无希望的，这种努力要依靠城堡当局，而在以上提及的所有谈话中，K 得知，这个最高当局是不可企及的。村子里的权力代理人试图妨碍主人公 K 的行动，消磨他的斗志。他们"永远只是以遥远而不可见的老爷们的名义维护遥远而不可见的事情"。他们通过一次次"骗人把戏"，"转移他的目标，不管是有意还是无意，正在消耗他的精力"。

　　村民们还通过监视的方式来实现权力的运作。他们监视着 K 这个外来入侵者的一举一动。信差巴纳巴斯给 K 送来克拉姆的两封信，第一封信里写道："我也将密切关注您。"第二封信里也写道："我一直关注着您。"两封信显然都传达出一个重要的讯息——K 的一切活动都在克拉姆的监视之下。事实亦如此，"有谁能在克拉姆面前隐瞒什么事情呢"？然而，事实上，正如客栈老板娘所言，克拉姆绝不会出现在 K 的面前，也就无法实现对 K 的监视。更何况，这些信件实际上并不是信差直接从克拉姆手中接过来的,而是由文书交给他的,是从许多公文函件中随意抽出来的旧信件。因此,这些信件很可能只是村民们用来搪塞 K,警示他遵从法规的幌子。他们成为权力的代理人,自觉践行城堡对 K 的监视。无论是住在桥头客栈还是学校教室里,K 都处于身边人的全面监视之下,完全失去了私人空间。尤其是 K 的两个助手,身为"克拉姆的使者",他们专事盯梢且纠缠 K。弗丽达直言,他们的眼睛使她想起克拉姆的眼睛。因此,即使两个助手恶意骚扰、胡搅蛮缠,弗丽达仍然"怀着尊敬和钦佩的心情"对待这一切,她还奉劝 K 不要企图摆脱他们,因为轰走他们就意味着将克拉姆拒之门外。

村长虽称自己不是"公务员",只是"庄稼人",而且将来也永远是"庄稼人",但他也掌握着城堡里的"公务秘密",也在某种程度上代替最高当局行使着权力。在初次见面时,村长就十分自信地向 K 宣布,他们并不需要土地测量员。因为村庄很小,土地的边界都已经标好,而且都已经正式记载下来了。这让 K 陷入了进退两难的境地,他是土地测量员,工作内容是测量土地,但他所工作的地方却拒绝接受他的测量。K 找不到自己的位置,其土地测量员的身份得不到当地人的认可。在这个界限十分明确的村子里,每个人,无论是官吏还是百姓,都被严格限定在各自的活动范围内,任何企图改变界线的行为都会招致愤怒与抵抗。正如《审判》中的律师胡尔德对 K 的警告:任何企图给法院机构带来改变的人都会付出惨痛的代价——毁掉自己的立足之地,到头来跌个粉身碎骨。在看到 K 即将采取某些行动,进行反抗之时,村长自作主张,为 K 安排了一份新的工作——校役,想以此来束缚他。因为,在村长看来,"对这个村庄来说,为了防止他采取行动,即使要花费一些也是合适的"。事实上,接受校役这一工作也的确限制了 K 的行动,还使得他与弗丽达的关系恶化。在村长家中,K 感受到城堡至高无上的权力,该权力虽然没有被写入法律条文中,却隐藏在塞满文件的柜子里,也彰显在一系列纷繁复杂的办事过程中。在与村长谈话伊始,K 觉得与当局沟通和相处非常容易,"他们简直可以肩挑任何重担,什么都可以让他们承担,自己轻松自在,什么都不用操心"。然而,这种轻松的感觉是不可靠的,甚至具有欺骗性。这句话让人想起银行襄理约瑟夫·K 与法庭的较量,城堡似乎愿意在一定程度上同意 K 声称自己是土地测量员的说法,但仔细一想,这句话就显得毫无价值。事实上,K 与城堡的一切接触都不过是妄想,村长就试图让他明白这一点:"您还从来没有同我们的当局真正有过接触。您的那些接触都是虚假的,可是您由于不了解情况,就把它当成真的了"。村长告诉 K,克拉姆的第一封信虽然饱含大量的感情,但那封信根本不是官方信件,而是一封私人信件,因此不意味着官方任命。副总管弗利茨为了核实 K 土地测量员的身份而打给城堡的电话,同样毫无价值,因为:

> 我们和城堡之间没有专线联系,也没有总机接转我们的电话;从这儿打电话给城堡里某人,那儿最低一级部门的所有电话机都会响起来,或者更确切地说,要不是——如我确切知道的那样——几乎所有电话机上的音响装置都被关掉的话,所有

的电话机都会响起来的。不过,有时也会有某个疲惫的官员需要找一点儿消遣——尤其是在晚上或夜里——便把音响装置打开,这样我们就听到了回话,当然这回话不过是开玩笑而已。

1913年1月22日至23日,卡夫卡给女友菲莉斯·鲍尔描述了一个梦,梦中他站立在一座桥上打电话。他虽然把听筒贴近耳朵,但是只听见混乱的声音。他从电话里听到一种悲伤的、有力的、无歌词的歌唱声和大海的轰鸣声。在梦中通过电话建立联系的尝试像在小说中那样因受到一种平庸的音响方面的阻抗而失败了。城堡这一行政机构就像一台庞大的机器,由它确定的种种规范制定了联系的规则,然而,信件、文件和电话等联系媒介都传递不了任何真实的信息,与其说它们是在进行通信联络,不如说是在制造麻烦,甚至面对面的交谈也可能产生误导。整个官僚体系建立起来的组织形式具有怪诞迷宫的特质。

从村长那里,K明白了行政机构的种种机制,也得知了关于他的土地测量员工作的全部真相。原来,村子里并不需要土地测量员,这一切都是源于当局各部门之间缺乏沟通引起的一场误会:早在十几年前,村政府就收到城堡发来的一份建议书,建议聘请一位土地测量员,对此,村政府给予了否定的书面答复(因为此地用不着土地测量员)。但是这个答复弄丢了,建议书却阴差阳错地寄到了K的手中。村长进一步总结道,在城堡这个庞大的官僚机构里,各个部门制定的规则可能会不一样,而它们又互不了解对方的情况。上级的监督尽管十分严密,但由于其性质监督总是来得太晚,所以还是会出现小小的差错。虽然有很多监督机构,但即使初级监督机构发现了差错,也查明了造成这个差错的根源,可是谁能保证二级监督机构不会做出错误的判断？何况还有三级以及更高级别的监督机构。这些监督机构是何等荒谬的存在,它们不具备应有的查错纠错的功能,而仅仅是一种徒有其表的政治空壳,当局也因此永远不会承认,甚至不会知晓自己所犯的过错。

城堡的权力得以贯彻实施,以教师为代表的规训力量也功不可没。初见K时,教师就以一句"没有一个外乡人喜欢城堡"的定论挑明了K与城堡之间的隔膜,以此打消K想接近城堡的念头。而在K以"我不是庄稼人,到城堡去怕也不大合适"为理由准备打退堂鼓时,教师又以"庄稼人和城堡没有什么区别"的论点怂恿K不要放弃。教师一开始就这样将K玩弄于股掌之间,让K一直守在城堡门外,犹豫不决。教师与同为城堡权力代理人的村长沆瀣一气,他处处维护着村长的权威,对K不礼貌的言行加以训斥:"您对村长很不礼貌,他是一个有贡献、有经验、年高德劭的长者。"他向K传达了村长要聘请他当校役的决定,而且,作为规训机制的代表,教师对K提出了方方面面的要求,他声称:"我们这儿什么事情都有规章制度。"规章制度是维持机构有序运行的前提条件,只有遵守规章制度的人才能被机构接纳,否则就会遭到排斥。教师要求K对他的问题做出回答,要求K在行为举止上必须符合学校的尊严,要求K着装得体,要求K放弃某些幻想,要求K尽快同弗丽达的关系合法化,最后,要求K将所有这些事情都列入雇用合同,一搬进学校就得签字。

教师作为规训力量,K在很小的时候就体会到了。在故乡,K第一次设法爬上教堂墓地的围墙,心里充满着自豪。这是一个几乎超越一切的胜利时刻,它让人联想到个人的不可战胜和更具有象征意义的战胜死亡的胜利。K 随后将旗子插在围墙上的做法也是一种殖民姿态,宣称对未知领域拥有主权。这个童年场景预示着 K 成年后进入并探索征服城堡,但它也说明了这种斗争是徒劳的。因为,这个男孩的胜利没有持续多久,很快一位老师恰巧从那儿经过,以恼怒的目光把 K 赶了下来,导致他跳下来的时候碰伤了膝盖。这是小说中唯一一处对 K 过往经历的完整描述,可见这一经历的重要性。时隔多年,K 在村庄雪地里行走时又想起了这段经历。可以看出,教师的规训力量早已深深地刻在 K 的心中,影响着他日后的行为,乃至命运。虽然童年时的征服创造了一个决定性的时刻,但成年后的 K 依然感到,"当时这种胜利的感觉仿佛使他终生受用",但这段记忆可能不是一种帮助,而是一种阻碍,而胜利的时刻则是一种自我欺骗。

儿时的卡夫卡也十分憎恶学校,与同龄人一样,他害怕老师,学校里的折磨给他留下了一辈子的阴影。而且他必须害怕,必须憎恨,这正是律令想要达到的效果。按照当时流行的教学实践,毫无疑问,在教育系统内部普遍存在着严格的行为规则,触犯这些规则就会受到严厉惩罚。使孩子感受到压力的不仅仅是处罚本身,更多的是他们所承受的处罚的威胁:力量始终受到想象因素的牵制。卡夫卡在上学第一年,由厨娘弗兰蒂斯卡·内德韦多瓦送往学校。她威吓孩子要听话和快走,否则她就要告诉老师他在家里多么淘气。孩子怀着厨娘真的会告发他的恐惧走完这段上学路。最后孩子怀着一种对自己的臆想的恶劣行为会被发现的强烈恐惧走进学校,这种恐惧和对即将开始上的课的毫无兴趣混合在一起。多年后,卡夫卡回忆道:"我拽住她的衣服把她往回拉,可是她一边口口声声说她还要把这件事告诉老师,一边拉着我继续往前走……"①除此之外,让卡夫卡紧张的、忐忑不安的另一象征是学校的铃声,它宣告上课开始,表明自由终止。因此,对孩子来说,铃声就是那种威胁的暗号,孩子认识到这暗号就是潜在权力的秘密。在卡夫卡1922年12月撰写的一篇文章中,他描述了6岁时第一次在上学路上和厨娘一起看到的匆忙赶路的情况:"那是在早晨很早的时候,街道干干净净、空空荡荡,我向火车站走去。当我用塔楼大钟对我的表时,我看到,时间已经比我想象的晚多了。"②在学校的规训力量面前,卡夫卡身上没有了孩子的那种天真无邪,他明白自己完全无能为力,他绝望了,觉得自己已经提前被打败了。学校是一种恐惧的象征。在回忆往事时,卡夫卡不断强调学校在他内心引起的恐惧印象,以及他与这个权威机构的紧张关系。《致父亲的信》把对失败的恐惧描写为在整个上学时期一直陪伴着他的基本情感:"我以为自己永远也通不过小学一年级,可我通过了,居然还得了奖学金;我想我绝对考不上高级文科中学,可我考上了……我脑海里常常浮现出老师们聚

---

① 彼得-安德列·阿尔特:《卡夫卡传》,张荣昌译,重庆:重庆大学出版社,2012年版,第52页。
② 彼得-安德列·阿尔特:《卡夫卡传》,张荣昌译,重庆:重庆大学出版社,2012年版,第53页。

集一堂的可怕画面。"①卡夫卡的同学胡戈·黑希特回忆,卡夫卡是一个"模范生,常常是优秀生",他"生性谦虚、安静",因而受到老师们的喜爱。② 这样的成就被卡夫卡本人视为他并非故意对他的老师们犯下的一种欺骗行为的标志。这种怕被揭露的恐惧感像乌云一样笼罩着他的整个学校生活,他觉得自己是通过欺骗才通过了各种考试,并成功升级。多年后,他回忆道:

> 我常常在想象中看到可怕的教授会(……),看到教授们在我通过了一年级后在二年级,在我通过了二年级后又在三年级并这样依次地开会,研究这个独一无二的、闻所未闻的事件,研究我这个最无能并且无论如何也是最无知的人怎么会一直混到这个班级上来的,人们当然会——由于这时大家的注意力都被引到我的身上了,立刻把我逐出这个班级,这会令所有摆脱了这一梦魇的有正义感的人欢呼雀跃。③

后来,卡夫卡将这种恐惧幻觉写入了他描写的经典的审判情景中。1919年,他说他觉得自己像"尚在职并生怕被揭露的银行惯骗"

---

① 卡夫卡:《致父亲的信》,见卡夫卡:《卡夫卡中短篇小说全集》,叶廷芳等译,北京:人民文学出版社,2015年版,第445页。
② 彼得-安德列·阿尔特:《卡夫卡传》,张荣昌译,重庆:重庆大学出版社,2012年版,第54页。
③ 彼得-安德列·阿尔特:《卡夫卡传》,张荣昌译,重庆:重庆大学出版社,2012年版,第61页。

那样的学生。当场被逮住的骗子的怪诞形象阐明了一种以不断的负罪感为特征的自我感知。考试是一种观察的形式,在它的强制义务下个人觉得自己不得不受一种严格规定的等级制度的支配。在1909年7月撰写的未完成的随笔《在我的同学中》里,卡夫卡用模棱两可、语义双关的比喻形容自己对考试的恐惧,那些比喻主要指向他对受到一个外部的有关当局的监督所感到的恐惧。

在儿时卡夫卡的心中,教师代表的是最高权威,他对老师彬彬有礼,不是因为他尊敬老师,而是因为老师作为"受尊敬的人",有权获得学生的礼貌对待。在卡夫卡接触到的老师中,有不少人滥用权力,经常体罚孩子,扼杀了任何刚萌芽的一点好奇心;许多从噩梦般的课堂中惊醒的孩子,都把矛头直指那些无能且愚蠢的老师,他们所做的就是往孩子脑袋里填鸭而已,暴力、恐惧和枯燥充斥着整个校园。这一切导致卡夫卡对老师的严重不信任,他对所有老师都感到怯生生的,甚至怀有敌意。学校生活对于卡夫卡来说就如同噩梦一般,他在1920年写给密伦娜①的信中,讲述了一次让他刻骨铭心的遭遇:

> 当然,我们都有死亡的愿望,希望能够死得"容易";但这毕竟只是一个小孩的愿望,就像中学时代的数学课上,看着老师浏览笔记本找我名字的那个我一样的小孩。老师的形象是力

---

① 密伦娜·耶森斯卡是一位女记者,是卡夫卡作品的捷克语译者。与密伦娜的相恋和书信往来是卡夫卡生命最后几年中最重要的感情寄托。

量、恐惧和现实的化身,而相比之下,我的知识却微不足道。我半梦半醒,带着恐惧,希望能够成为鬼,像鬼一样在课桌间游离,穿过教室的门,走出去,在美丽的阳光下自由自在的。在我的认知范围内,那里是没有教室里那种紧张气氛的。是的,那样的话,事情就"简单"了。但事情不会那么简单的。相反,我被叫到黑板前解答一道题,解决方法要用到对数表,但是我把它落在家里了。我撒了个谎,说放在课桌里了。我以为老师会把他的给我。结果,他让我回去取。这时,恐惧占据了我的心(我说的是真正的恐惧——要说到在学校里的那种担惊受怕,我完全没有必要假装),因为对数表不在课桌里。老师(我几天前还碰到过他)把我叫作"鳄鱼",立刻给了我一个"不合格"。事实上,这已经相当不错了,只是个形式而已……然而,最重要的是,我并不需要显示我令人羞愧的无知。因此,总的来说,这样也算是事情"简单"解决了。只要情况允许,一个人就能够在教室里"消失";可能性是无限的,一个人也可能在生活中死亡。①

同《审判》一样,虽然城堡里的官方职位几乎都是由男性担任的,但根据与城堡的个人关系,女性可以说拥有更大的权力,她们在高深莫测的权势管辖地和生活的范围内自由自在地活动着。小说

---

① 恩斯特·帕维尔:《理性的梦魇:弗兰茨·卡夫卡传》,陈琳译,北京:法律出版社,2013年版,第42页。

塑造了众多女性形象,她们在 K 的生命旅途中亦步亦趋地伴随着他,对故事情节的进展起到了不可忽视的推动作用。正如卡夫卡在论述《城堡》主题的一则寓言中所写的:"避难的处所虽然有千千万万,但是得救的地方却只有一处。然而,得救的机会却又同避难的处所一样多。"[1]小说中的女性们曾给 K 带来一次又一次获救的机会,让 K 的心中一次又一次燃起了进入他得救的地方——城堡——的希望,但又总是一次又一次将 K 推入绝望的深渊。这些女性形象鲜明、性格突出,但几乎无一例外,她们都竭力想与城堡生成联系,以成为城堡权力的从属和帮手,而且她们只有成为官员的情妇,才能受到自己男人的尊重。酒吧女侍弗丽达是克拉姆的"情妇";客栈老板娘、中年妇人嘉黛娜主要从回忆中获取对自己身份的认同,当初克拉姆召唤她去幽会并用礼物讨她欢心;巴纳巴斯交给 K 的信是妹妹阿玛丽亚从城堡中带出的,他的姐姐奥尔加则委身于克拉姆的仆人们;汉斯的母亲是从城堡里来的,她甚至依赖于城堡山上的空气——村庄里的空气会让她生病;年轻的吧台女侍佩披争强好胜,一味地想博取官员们的欢心。《城堡》原稿中有一段关于佩披的后来被删去的文字——"他(指 K——笔者)准保心里在想,——他在这里没有遇见弗丽达,而是遇见了佩披,并且猜测到她与城堡有某种联系,那么,他一定会像对弗丽达那样,试图用同样的拥抱去攫取

---

[1] 缪尔:《弗兰茨·卡夫卡》,见叶廷芳编:《论卡夫卡》,北京:中国社会科学出版社,1988 年版,第 55 页。

这个秘密。"①佩披原是一个客房女侍,地位低下,但像故事中的其他女孩一样,她梦想自己会有远大的前程。当弗丽达离开酒吧时,她欣喜若狂地接替了她的位置,升级为酒吧女侍,也便有机会伺候克拉姆喝啤酒。可当弗丽达回到酒吧时,佩披只得回到她那被人遗忘的位置上。佩披始终在寻找对自己有利的位置,她想用过分巴结的办法来拉拢所有能帮助她的官员,可是这反倒使他们心烦和反感,因为他们在饭店里只想要清静。在苦苦挣扎中,佩披不知道,她将永远是替代者的身份,这种对位置的寻找是徒劳的。在佩披的身上,K 看到了自己的影子,他也是穷尽一生苦苦找寻自己在城堡中的位置。他对他们俩共同的处境有着清晰的认识,同时,对他们俩自身的毛病也有着深刻的剖析。他认为,只有将他自己和佩披进行比较的时候,他才意识到,他们俩为达到各自的目的而过于使劲,最终导致一无所获,相比之下,弗丽达则更加沉着冷静、实事求是,所以她可以轻而易举、神不知鬼不觉地达到目的。

在小说里,女人们成了城堡的私有财产,她们服从城堡的安排,履行城堡赋予的使命。她们把依附于城堡视为自己唯一的出路和存在的标志。当 K 询问一位年轻女子是谁时,女子回答:"一个来自城堡的少女。"这与《审判》里画家的断言"一切都是属于法院的"有着惊人的相似之处! 一如《审判》,K 总是被女人们包围着,她们的出现曾给 K 带来一次又一次希望,他本想利用她们与城堡的关系寻

---

① 勃罗德:《〈城堡〉第一版后记》,见叶廷芳编:《论卡夫卡》,北京:中国社会科学出版社,1988 年版,第 21 页。

找通往城堡的路径,然而,随着情节的推进,这些希望都一个接一个地破灭了。她们非但没有使K达到进入城堡的目的,反而成了K前进路上的绊脚石,让他跌入了绝望的深渊。与《审判》不同的是,《城堡》描述了诸多女性的经历和命运,尤其是与城堡关系密切的几个主要女性人物,弗丽达、客栈老板娘、奥尔加和阿玛丽亚等,她们的故事占了小说大部分篇幅。实际上,这些女性的故事是小说故事时间之外的,与K自身的经历无关,因此,针对主人公K,这些女性不像《审判》中的女性那样直接干预K的生活和命运,她们更多的是与K促膝长谈,诉说自身的经历,来说服K向城堡所代表的权力机制妥协。

弗丽达是一个具有重大意义的女性形象,她是城堡最高当局的办公厅主任克拉姆的情妇。与K第一次见面时,弗丽达就向K透露了这一点。和《审判》一样,男性之间的性竞争是一个中心主题,但银行襄理K引诱法官的情妇是为了报复法官,而土地测量员K的动机几乎是相反的。对他来说,与弗丽达的风流事是为了吸引克拉姆的注意,拉近与他的关系。K在认识弗丽达以前就一心想见克拉姆,认识她以后更是如此。不同的只是,以前他毫无希望,而现在他可以凭借与弗丽达的关系向克拉姆一步步靠近。小说原稿中有一处被删掉的地方,是K对自己与弗丽达关系的叙述:"她给他带来今天仍不能放弃的信念,觉得由她的中介,他与克拉姆之间会建立起一种亲近到几乎可以推心置腹、交头接耳的关系……没有弗丽达他究竟会是什么呢？一个虚无，在闪闪发光的磷火后面踽踽而行……"①显然，K与弗丽达之间没有真正的爱情，K一门心思想进入城堡，根本无暇顾及个人感情，正如卡夫卡在1910年7月19日的日记中写下的："处于危险中的男人们甚至连漂亮的陌生女人都视若无睹……"②弗丽达只是K利用的一枚棋子，他先是利用和弗丽达的关系得以在相当于城堡前院的贵宾饭店住宿，而后甚至决定与弗丽达结婚，想以此作为与克拉姆谈判的条件。在认识弗丽达之后，K才更清楚地知道他的目标，他认为得到了克拉姆的情妇，就拥有了一个需要用高昂代价才能赎回的抵押品，而他的奋斗目标就是利用这个抵押品去与克拉姆打交道。克拉姆从来不曾同村子里的任何人说过话，然而，弗丽达可以随意地和他讲话，可以畅通无阻地跑去见他。同小说中的其他女性一样，这种身份使她感到"自负""得意"。弗丽达在城堡中的地位毋庸置疑，她甚至"以克拉姆的名义"，挥动手中的鞭子教训克拉姆的跟班。同《审判》中的众多女性一样，弗丽达不仅诱惑K，充当他的未婚妻，还同前文提到的教师一样，控制着K与最高当局的关系。凭借她敏锐的观察力，K走进客栈的一刹那，她便意识到，征服K的唯一办法就是使他与城堡的主人取得联系，因此，她直截了当地问他："您想见克拉姆先生吗？"在得到肯定的答复后，弗丽达把K领到一扇关闭的门前，让他通过房门上的小孔窥

---

① 海勒：《卡夫卡的世界》，见叶廷芳编：《论卡夫卡》，北京：中国社会科学出版社，1988年版，第191页。
② 卡夫卡：《卡夫卡书信日记选》，叶廷芳、黎奇译，天津：百花文艺出版社，2005年版，第4页。

视克拉姆,但这只是在克拉姆睡着的情况下,而且一旦发现情形对 K 有利,她就会警惕地用木塞把小孔堵住。弗丽达是 K 通往城堡路上的一道障碍,她向 K 坦言,"摆脱了我,你也许就能实现你的全部愿望","我并不是在帮助你,而是在妨碍你"。城堡是弗丽达的魅力乃至生命力的源泉,当她和象征着城堡的克拉姆在一起时,她总是充满着朝气与活力,使她那瘦小的身躯显得更具诱惑力,正是这种诱惑力使 K 拜倒在她的石榴裙下。而当她离开克拉姆和 K 一起生活时(其实,这一切也是克拉姆一手安排的),短短几天,这种魅力就消失了。弗丽达离开克拉姆就失去了城堡所代表的权力,她也因此失去了自信的源泉与资本,成了一个毫无魅力的女人。诚然,为了追求世俗的爱情,弗丽达舍弃自己高贵的身份和地位,选择了 K,但城堡的威力使她很快对这种选择懊恼不已,于是她最终选择了回归。当 K 问她是否去过城堡时,她回答说:"没有去过,可是我在这儿的酒吧里,难道还不够吗?"显然,她虽身处城堡大门之外,但对城堡里的一切了然于心。弗丽达实则是城堡的化身,K 和弗丽达的爱情故事同《审判》里的寓言故事《法的门前》一样,与小说构成彼此互证的文本体系,可以说是一个微型的城堡寓言。在与弗丽达交往的这段时间里,K 觉得自己像是迷了路,进入了一个奇异的国度,这里比人类曾经到过的任何国度都要远,它是那么奇异,甚至连空气都跟他故乡的大不相同。在这里,一个人可能会由于受不了这种不同而死去,可是这种不同又是那么富有魅力,使人只能继续向前,让自己迷失得越来越深。在作品的手稿中,作家卡夫卡在"进入了一个奇异的国度"这句话之前还添上了一句话——"他犯了重大的背叛罪了"。对于卡夫卡来说,爱情是一种背叛,它让 K 误入迷途,进入一个再次让他觉得和城堡一样遥远、一样虚幻的世界。在弗丽达身上,K 体验到的只是极端孤寂的形式和在肉体亲近时刻表现出来的那种陌生感。爱情不是亲近的媒介,它既拉大了距离,也推动了自我迷失,这与 K 对城堡的体验是一致的。

客栈的老板娘嘉黛娜也是城堡权力的爪牙,客栈相当于城堡的前院,她替城堡当局监视客栈里发生的一切,也成了阻挡 K 进入城堡的一道关卡。嘉黛娜是克拉姆二十多年前的情人,她觉得这个身份带给了她莫大的殊荣。她从克拉姆那里带出来的三件纪念品——照片、披肩、睡帽——是她活下去的精神支柱。她对克拉姆忠心耿耿,虽然和克拉姆在一起只有三次,但她声称自己在任何时候都不会失去这个身份。她曾说:"如果克拉姆示意叫我去,有哪一个男人能阻止我跑到克拉姆身边去?"她的丈夫汉斯不是因为爱情与她结婚,而是因为她曾经是克拉姆的情人。汉斯的亲属接纳她也是因为想和她"攀亲",想利用那颗把她"引导到克拉姆身边的福星",为了达到这个目的,他们甘愿在没有任何保障的情况下把客栈交到她手里。更为荒唐的是,多年来,老板娘和她丈夫夜间的谈话总是关于克拉姆,谈克拉姆为什么变心。有了城堡赋予的权力和荣耀,老板娘把客栈经营得风生水起,相比之下,她的丈夫黯然失色,总是一副畏畏缩缩、焦虑不安的模样。正如 K 指出的:"这个漂亮聪明的小伙子要是娶了另一个女人,就会更加幸福,我的意思是会更独立,更勤恳,更有男子气概。"老板娘对克拉姆的忠诚实际上是对克拉姆所代表的城堡权力的忠诚,她时时刻刻维护着克拉姆的利益和权威。当 K 以为自己通过房门上的小孔看到了克拉姆的身影时,老板娘却坚称 K 根本就不可能真的看到克拉姆,她自己也不可能看到他,尽管克拉姆召见过她三次。这番话瓦解了 K 窥视的意义,也给他企图进入城堡的梦想泼了一盆冷水。当弗丽达离开克拉姆时,老板娘变得无比忧伤。她认为弗丽达太任性了,竟然放弃克拉姆这只鹰而选择 K 这只蜥蜴。她不答应弗丽达跟随 K 搬出去住,因为这在她看来是危及克拉姆荣誉的事。她甚至不允许 K 直呼克拉姆的名字,"不要提克拉姆的名字。就叫'他'或别的什么,但别指名道姓"。和村长一样,她告诫 K"不要采取什么行动",为此,她谎称会把 K 想同克拉姆谈话的请求转达给克拉姆。

巴纳巴斯的妹妹阿玛丽亚同村里的其他姑娘一样,渴望得到城堡官员的青睐。在她的不懈努力下,终于和城堡官员索提尼扯上了关系。但是,当第二天收到索提尼那封明白无误、带性要求色彩的邀请信时,阿玛丽亚才意识到索提尼只是把她当成泄欲的工具,于是她愤怒地把信撕了个粉碎。这种史无前例的不服从命令的行为,使全村人陷入了一种诚惶诚恐的状态,更是让阿玛丽亚受到了严厉的惩罚——她的家庭因此受到了村民们的排斥。顾客们开始避开她父亲的鞋铺,店里的伙计们也纷纷离开,熟人见面也不打招呼了。最后,一个过去的店伙计盘下了这个鞋铺,把他们一家人撵出了家门。阿玛丽亚默默地忍受着这一切,对别人的冷嘲热讽、孤立排挤听之任之。这种消极的态度,显示出阿玛丽亚对城堡无所不在的威力的臣服。阿玛丽亚以自身的遭遇告诫 K,在权力面前,个体只能无条件地服从,任何反抗都是徒劳无益的,也必然会给自己带来无尽的灾难。

与妹妹阿玛丽亚不同的是,巴纳巴斯的姐姐奥尔加在全家人受到村民们的孤立后,不是忍气吞声、坐以待毙,而是积极寻求帮助。她守在城堡官员经常出现的贵宾饭店里,设法通过他们获得城堡的宽恕。她想方设法让弟弟巴纳巴斯成功地踏入城堡,成为城堡的信差(尽管这是他自命的,从未得到官方承认),她将得救的希望寄托于巴纳巴斯为权力当局的自愿效劳上。奥尔加把性欲当作商品和交换物品的工具,她委身于克拉姆的仆人们,希望通过这一途径恢复与城堡的联系,消除她家的厄运。她还选择 K 作为她的爱情对象,因为奥尔加一家想利用 K 土地测量员的身份使他们与城堡扯上关系。像 K 一样,奥尔加把情欲当作实现自己目标的工具,但失败了。阿玛丽亚的父亲为女儿恢复名誉而四处奔波,他发热病似的去恳求城堡宽恕,他冒着严寒,成天守候在官员们乘雪橇往返的大道旁边。然而,他求告无门,没有任何部门或官员负责此事,因为没有罪名,也就没有立案。显然,这一家人受到的摈斥不是由城堡发起的,城堡并没有下达任何处罚的命令,也没有对他们采取什么措施,因此也就不能废除它。发起处罚的是村庄的居民,他们以鄙视和排斥犯规者的方式实现对法规的维护。他们揣摩权势者的意志,自认为这是城堡的法律,并代为执行。

综上所述,在《审判》与《城堡》中,"法门之内"官方的法律人名存实亡,不能维护公平正义,而"法门之外"的普通民众自觉担当起权力和命令的执行者,替代执法者队伍履行"审判"的职能,宣告《审判》里的 K "罪犯"的身份,判处外乡人 K 终生在"城堡"外徘徊。K

们的遭遇及民众所扮演的角色也给予我们一种启发:虽然在司法实践中,保障人民群众参与司法,让人民群众了解司法、感受司法、监督司法十分重要,但不能任由普通民众代替法律人行使审判的职能,因为他们缺乏职业法律人的素养,对法律事务的陌生使他们无法对当事人做出公正的判决。

## 第二章 《审判》蕴含的法治问题探究

《审判》是卡夫卡重要的代表作之一,人们对这部小说的解读更是显示出一种异乎寻常的创造性热情。尽管这部作品并未完成,但人们从方方面面对它进行了解读,得出的结论也是五花八门:有学者认为它是关于人类命运的形而上学的陈述,或是关于原罪的论述;也有学者认为它是对现代资本主义腐败现象的揭露,或是人类存在的荒谬性的例证……诚然,卡夫卡对法律的引用具有隐喻和模糊性的特点。他在信件和笔记中也倾向于隐喻地使用审判主题,这可能有助于掩盖他笔下的法律的真实世界。卡夫卡在 1910 年 12 月 20 日的日记中写道:"你快来吧,无形的法庭!"[①]他将 1914 年他与未婚妻菲莉斯·鲍尔为解除两人婚约的会面视为一种法庭审判,并且他说,他第二天写给菲莉斯父母的告别信是从行刑地寄出的。在《致父亲的信》中,卡夫卡描述了似乎一直存在于他与父亲之间的痛

---

① 卡夫卡:《卡夫卡书信日记选》,叶廷芳、黎奇译,天津:百花文艺出版社,2005 年版,第 6 页。

苦的关系,他提到了父亲和他的成年子女之间即将进行的可怕的审判。① 在这些经常被引用的段落中,就像在其他许多段落中一样,审判显然是对私人磨难的隐喻。不过,由此得出卡夫卡从未从字面意义上使用这个词的结论是错误的。无论小说的结构和内容是什么,都是由那个世界提供的,或者说都是对它的模仿。

毫无疑问,《审判》是一部直接的、明显涉及法律活动且基本围绕法律展开的文学作品,是卡夫卡"法律文学"的典范之作。它忠实地再现了奥匈帝国刑事程序的很多细节②,也体现了当时社会背景下的法律运作。卡夫卡的学术背景、在法院实习的经历,以及在工伤保险公司的法律实践经验,使他熟悉法律理论,熟悉奥匈帝国的法院体系和战前捷克斯洛伐克的法院官员。他对起诉、庭审、辩护、判决等司法活动的描述很是得心应手,他以生动的文字形式,将一百多年前的法律图景呈现在我们面前。他的作品栩栩如生地展示了当时的法官、律师等法律人的风貌,再现了当时的庭审场面,以及各项司法活动,随着小说情节的推进,司法程序的各种弊端也被一一揭露。20世纪70年代,"法律与文学运动"兴起,英、美等国的主要法学院都开设了"法律与文学"课程,其中指定阅读书目就有卡夫卡的《审判》。美国最高法院大法官安东尼·肯尼迪(Anthony Ken-

---

① 卡夫卡:《卡夫卡中短篇小说全集》,叶廷芳等译,北京:人民文学出版社,2015年版,第421—454页。
② M. S. Robinson,"The Law of the State in Kafka's The Trial", *ALSA Forum*(1982),6(2).

nedy)本人就十分推崇《审判》,他指出:"所有律师——比这更好的是,所有法学院学生——都应该阅读《审判》。就当事人对法律制度的看法而言,《审判》实际上更接近于现实,而不是幻想,这本是一个奇妙的寓言,但更是现实。律师阅读这部小说,并理解其中的意义,这一点非常重要。"① 通过对小说中的法律问题加以文学省思,可以帮助我们更加准确地理解法律的本质,更加全面地把握法律的内涵,从而确保司法活动更加有效地运行。

## 第一节 《审判》折射出的法的形态

法律是什么? 这是一个备受争议的话题,不同学派的法学家给出了不同答案。当代西方著名法理学家赫伯特·哈特(Herbert Hart)在《法律的概念》一书中指出:法律区别于其他社会规则的根本特征在于它是第一性规则和第二性规则的结合。第一性规则确定义务,是授予的权利和权益;第二性规则授予争议解决机关以权力,是所谓改变。② 哈特以此来阐释国家创制法律的活动。历史法学派主要代表萨维尼(Friedrich Carl von Savigny)强调,法律存在于民族的共同意识和共同信念之中,是民族精神的体现。③ 我国学者

---

① Terry Carter,"A Justice Who Makes Time to Read, and Thinks All Lawyers Should, Too",*Chicago Daily Law Bull*(1993):2.
② 哈特:《法律的概念》,张文显等译,北京:中国大百科全书出版社,1996年版,第81—100页。
③ 萨维尼:《论立法与法学的当代使命》,许章润译,北京:中国法制出版社,2001年版,第8页。

刘星指出:法律是国家权威机关制定及认可的以文字方式表现的明确行为规范;法律以白纸黑字的方式存在于立法机关或法院这些权威机构宣布的正式文件书本之中,但是,它暗含了这样一个思想:人们在查找法律时心中都可以存有一把尺子或者一个标准,用其来衡量哪些规则是法律,哪些不是。①

《审判》涉及人物层次广泛,既有普通大众,又有律师、为法院服务的画家、监狱神甫等"准司法人"。小说通过言简意赅的对话方式,借他人之口,表达卡夫卡对法的实效、法的社会功能的价值拷问,进而促进对"法律是什么"这个深刻命题的思考。

**一、群众口中的法**

早在16世纪末,莎士比亚就通过大量普通群众之口来折射法之百态,如在《亨利四世》第一幕中出现了这样的评论:"先辈使法律成为丑角。"《冬天的童话》中,牧羊人的儿子对法律挪揄道:"让法律吹口哨去吧。"《一报还一报》中,安格鲁哀叹道:"法律没有死,只是睡着了。"同样,在《审判》中,法律也犹如一张普罗透斯的脸,变幻无常,可随时呈现极不相同的形态。这集中表现在约瑟夫·K与女房东格鲁巴赫太太、邻居毕尔斯泰纳小姐、叔叔卡尔的交谈中。

格鲁巴赫太太对约瑟夫·K被捕一事琢磨不透。关于K的案件,她觉得其中必有什么"奥秘",但奥秘是什么,她也弄不懂,也觉得没有必要弄懂。格鲁巴赫太太知道K不是像小偷那样被捕,但又

---

① 刘星:《法律是什么:二十世纪英美法理学批判阅读》,北京:中国法制出版社,2015年版,第2—3页。

搞不清楚由头,因而她感到法是高深莫测的。逮捕而没有逮捕令,逮而不捕,被逮捕还能自由上班,审讯也没有固定的场所,这些违背常理的做法,让群众无法预测,这样的法除了让群众感到恐惧之外,又有什么权威呢?邻居毕尔斯泰纳小姐也认为法让人难以理解,一般情况下,被由上面派来的审查委员会钉上的人无疑是重犯,而 K 自由自在,他镇定自若的样子也不像是从监狱里逃跑出来的。叔叔卡尔也觉得 K 突遭被捕一事十分蹊跷,他认为这样的事情不可能突然发生,而是早就酝酿好的,这期间肯定出现了许多兆头。

在某种程度上,这个逮捕的场景模仿了可能发生的事情,在一些细节上,它非常准确地遵循了当时的法律。在哈布斯堡王朝的统治下,捷克的法律制度已经完全德国化了。卡夫卡时代的刑事诉讼程序像欧洲大陆的其他国家一样,分为两个阶段:(1)预审阶段,其规则借鉴自调查制度;(2)审判阶段,它要求包括所有与指控制度相关的保障措施,如公开化、聘请律师的权利、允许质证、口头证词和陪审团。① 诉讼程序是由公诉人或当事人提出的指控启动的。如果公诉人放弃刑事诉讼,受侵害的个人可以转而提起诉讼。因此,约瑟夫·K 在对某件事一无所知的情况下,很可能已经被某人私下指控做了坏事,也许是他的某个客户,或者是银行的某个竞争对手。这件事在他还不知情的情况下,就会被提交给一个预审法官进行调查。地方法官是下级法院的法官,有权听取证人证词,检查文件,下

---

① M. S. Robinson, "The Law of the State in Kafka's The Trial", *ALSA Forum* (1982), 6(2):129.

令搜查住所,并进行逮捕。在调查的初期阶段,不一定会通知被告有关调查的细节,诉讼程序也不一定会公开。根据《奥地利法典》,初期阶段的调查自中世纪以来一直是保密的。① 这种做法的理由也颇具说服力,包括这样一种理想,即秘密调查可以确保只有那些符合事实、遵循法律的指控才能进入审判阶段,或公之于众。不过,在卡夫卡创作《审判》时,强烈反对这种做法的舆论已经兴起。逮捕前的秘密调查程序,表面上看似合理,但实际上存在着很多不合理的地方。法治意味着对公民合法权利的保护,而 K 突然被捕,也不被告知理由和涉嫌的罪名,这明显违背了程序正义原则。根据疑罪从无的原则,任何人在被证明有罪前,皆应被视为无辜。没有人有义务证明自己有罪。然而,在卡夫卡的笔下却出现了如此荒谬的一幕,被控告者 K 要自己想方设法地去寻找他受惩罚的原因,或者说,为他受到的惩罚寻找一个正当的理由,否则他就会永世不得安宁。在这里,逻辑被颠倒了过来,不再是"错误寻找惩罚",而是"惩罚寻找错误"②。自被捕之日起,K 便全力以赴地去探究他所犯罪行的性质、审理他的案件的法官的身份,以及相关的法律条文,试图找出漏洞百出的判决背后的逻辑与理性,但最终都一无所获。小说中无厘头的被捕与处决,凸显法乃是一种秘密,让群众感到害怕。古希腊剧作家索福克勒斯曾言,如果法律没有恐惧支撑,它绝不能生效。

---

① Morris Ploscowe, "The Development of Present-Day Criminal Procedures in Europe and America", *Harvard Law Review* (1935), 48(3):464.
② 米兰·昆德拉:《小说的艺术》,孟湄译,北京:生活·读书·新知三联书店,1992 年版,第 100 页。

但让人恐惧的法绝不是良法,必然导致专制,滋生腐败,甚至迷信。如法院候审室里的当事人竟然发展到从被告人的脸上,尤其是从嘴唇的斑纹上预测案子的结局。又如,拘捕K的看守武断地认为法律是不会出差错的,他们的官员从来不会错罪良民,而是按照法令行事,只要是派他们这些看守去的地方,就必然会有犯罪。在后来寻找审讯室时,K又想起了看守曾说过的一句话:"罪过对法院存在着一股吸引力。"于是,在这股"吸引力"的作用下,K自然而然地找到了审讯室。这种罪犯被法院所吸引的想法,以及由此暗示K必然有罪的判定,一直被评论家视为形而上学。在此观点下,最高法院成为一个神秘的、超司法的机构。这样的法永远处于"悬浮状态",如K所言:"这种法律我可不懂……想必法律也只是存在于你们的脑袋里……"在被捕时,K极力想弄清楚两个看守的想法,使他们的想法为自己服务,或者使自己去适应他们。可是看守们打消了K的念想,认为K在承认自己不懂法律的情况下声称自己是无罪的做法是荒谬的,由此断言,"根本没法让他这样的人明白道理"。看守们的言论自然有其合理之处,一个不懂法律的人不可能知道他是否违反法律了,这是不言自明的。如果对法律的无知是一种辩护,那么任何刑法都不能成功地发挥作用。1945年《奥地利刑法》是1852年《刑法典》的衍生品,适用于K的时代,《奥地利刑法》明确规定,对有关重罪的刑法的无知不能作为开脱罪责的理由。[1] 然而,小说中

---

[1] M. S. Robinson, "The Law of the State in Kafka's The Trial", *ALSA Forum* (1982), 6(2): 131.

呈现的法是世人无法理解的,虽然看守们对此"喋喋不休",但他们自己也"一窍不通"。随着故事情节的发展,我们得知,甚至连法官、律师这样的专业人士对法律也是一头雾水,更何况像 K 这样的门外汉,要想理解法律简直是天方夜谭。

群众口中的法,既非正式的国家法,亦非宗教法,却有力地反映出法的实效情况。卡夫卡在《关于法律的问题》一文中指出:我们的法律并非人人清楚,这些法律是一小群统治着我们的贵族的秘密。他认为,被自己所不清楚的法律统治着,是一件令人万分痛苦的事。他这么说,并不是由于法律可以有那么多不同的解释,或是当法律只能由个人解释,全体百姓对此没有发言权时所引发的种种弊端。这些弊端或许并不十分严重。因为,法律实在很古老,千百年来对它们的阐释工作一直未曾中断,阐释条文大概也已变为法律了。虽然对法律还存有阐释的余地,但已很有限了。令卡夫卡感到痛苦的是,法律从一开始就是为贵族的利益而立的,法律完全由贵族掌管,贵族们不受法律制约也正是出于此。虽然法律作为一种秘密交与贵族掌管,但是法律除了是老传统,加上因为老而可信之外,它什么也不是,也不可能是什么,因为根据法律,它的存在本身必须严守秘密。法律是先人们密切关注贵族的行为举止而记录下的笔记,而后交由我们保存着,而且十分认真负责地续写着,其目的是从纷纭错综的事实中找出某些规则,解释某些历史现象,并且根据这些精心筛选整理出的结论安排我们的现在和未来。但事实上,这一切或许只是一种理智的游戏,因为人们在此试图猜测的法律或许根本不存在。更令人痛心疾首的是,人们还不配拥有法律。人们只有靠一种信念,才能重抱希望,那就是相信总有那么一天,法律只属于民众,贵族会消失。如果有一个派别既对法律抱有信念又弃绝贵族,那么它立刻就会受到老百姓的支持,但是,这样的派别不可能产生,因为没有人敢于弃绝贵族。于是,卡夫卡最后下了一个悲观的定论:我们就生活在这刀刃上,我们必须接受的唯一可见的法律就是贵族。

不消说,这种不公开的"秘密法"的状态会让法律沦为统治阶级可以任意解释和舞弄的强权工具,其目的是保护贵族权威不受到民众挑战。在卡夫卡生活的资本主义社会,相当于贵族身份的无疑是资产阶级。作为国家机器之一的法律是阶级专政的工具,维护的是资产阶级的利益。和《法的门前》中的乡下人一样,作家卡夫卡也被资本主义初期宣扬的"自由、平等、博爱"的价值观所吸引,他虔诚地想要接近资本主义的法。然而,资产阶级在夺取政权后,抛弃了革命时期的理想,逐渐暴露出残暴、腐败的本性。小说《审判》写于第一次世界大战期间,战火蔓延到许多欧洲资本主义国家,人民生活在水深火热之中。20 世纪初,自由资本主义走向垄断阶段,政府加强了对社会生活的干预,甚至以莫须有的罪名迫害无辜的百姓,这在小说中体现得淋漓尽致。在卡夫卡生活的奥匈帝国,社会矛盾更为尖锐。帝国接连在几次战争中被打败,势力被严重削弱。帝国政府为了维护其政权,在国内奉行哈布斯堡王朝的专制统治,残酷打压反对战争和帝国统治的民众。社会动乱和新权力中心的出现不仅动摇了尚处于统治地位的封建秩序,而且威胁到了多民族国家的存亡。经济繁荣和工业化大大加剧了国家内部冲突,帝国如同被一张危机四伏的大网所包围。到了 19 世纪下半叶,哈布斯堡专制政府已经不再适应时代的潮流,停滞不前了。封建等级制度、专制统治和帝国主义的虚荣阻碍了政府采取务实的措施以延缓灾难的到来;相反,政府仓促阻挠任何社会变革,即使明显没有效果,也继续实行自己的措施——阻止经济发展,干扰现代化进程并延缓工业化进程——这些在他们眼中都威胁着既定秩序。在哈布斯堡王朝的专制统治下,旧有的社会秩序被破坏,法律也得不到有效实施。卡夫卡以作家特有的敏感,预感到哈布斯堡王朝的末日即将到来。

**二、"准司法人"口中的法**

法院听差的妻子、律师胡尔德、律师的女佣莱尼、为法院服务的画家梯托雷里、监狱神甫,这些与法院有联系的人,都成了卡夫卡鞭挞、讽刺法的工具。在他们口中,法律成为个人关系运作下,与法官心情密切相关,具有不确定性的人情法则。

法院听差的妻子首先想到的就是利用预审法官对自己的爱慕之情,对 K 的案件施加影响。律师胡尔德在与 K 初次见面之前,就已知道 K 被官司缠身,这得益于他与法官的私人关系。他向 K 炫耀,他身为律师,就是跟法院这个圈子打交道的,在与法官的交往中,他也让他的当事人得到了极大的好处,而且是多方面的好处。即使他现在疾病缠身,行动不便,法院里的好朋友也时常来看望他,他也从他们那儿获悉了不少案件的情况。他所得到的信息,也许比那些身体健康、成天待在法院里的人还要多。众所周知,法官是公平、正义的化身,而律师是当事人的利益代表,这就要求法官在诉讼中保持中立的立场。因此,法官和律师之间应保持适当的距离。然而,在 K 的案件中,法官私自单方面会见当事人委托的律师,向其透露案情,甚至跟律师商量案件下一步怎么进展。在与法官的私会中,律师胡尔德大言不惭地声称他们谈得很投机,他们都希望能亲密无间地靠拢在一起,谈论他们共同关心的案子。再如,律师胡尔德对谷物商布洛克的训斥:"这恰恰使得我难以启齿,那法官所说的,对布洛克本人和他的案子都是不利的。"法律被律师描绘成人际关系的一部分,国家法成为法官个人的臆测。律师的女佣莱尼也转告K:"你太倔强了,我听人这样说。"当K追问是谁说的这番话时,莱尼不愿透露,只是劝K改掉自己的毛病,别再那么倔强。她坦言K斗不过法院,也无法逃出他们的掌心,只有认错才是唯一的出路。显然,说这番话的人就是律师胡尔德,抑或是前来探望的法官。为法院服务的画家梯托雷里也故意将法院办公室作为画室,凸显与法院、法官的关系,以获得约瑟夫·K的信任。监狱神甫,这个本应该匡扶正义、拯救K信仰的人,却也以"忠实履行法院人的职责"为由头,以道听途说的"他们认为你有罪"而布道害人。

国家法抑或宗教法在这些"准司法人"口中,成为个人的经验体会、法官的谈资,这多么令人警醒。其根源在于国家衰败、程序正义缺失、对个人权利不尊重等方面。

正当程序是人治与法治的分水岭。正当程序约束了政府公权,保障了公民人权,也确保了司法权不会被滥用。在诉讼程序中,主要内容有平等的诉讼参与权、被通知权、辩护权等。美国著名法理学家郎·富勒(Lon L. Fuller)认为,一种法律制度如果不能确保当事人参加到审判活动中,就会破坏审判的内在品质。① 我国学者季卫东也指出,法律程序的正当性能确保当事人平等地参与到司法程序中;当事人可以通过正当程序,充分表达自己的主张和异议,以让裁判者综合权衡和考虑互相竞争的各种层次上的价值判断和利益。② 然而,在对小说主人公约瑟夫·K的指控中,程序正义的缺失,迫使其不断通过其他非正常途径打探案情,歪曲理解法的形态,以至于其权利被侵犯,甚至被剥夺了生命权。究其本质,法律是一种约束机制,是对专断权力的限制,正如美国著名法学家博登海默(Edgar Bodenheimer)所言,法律限制私人的权力,目的是防止为数众多的意志相互抵触的无政府状态,而法律控制统治当局的权力,目的是防止一个专制政府的暴政。③ 这也反映出,约瑟夫·K所处的社会秩序构建,不是以尊重个人权利为基础,而是建立在强权政治基础上的。西方有一句谚语,"风能进,雨能进,国王不能进",意思是,政府的统治要征得被统治者的同意,并且要保障人民生命、自由和财产的自然权利不受侵犯。按照这种思想,即使再穷困潦倒的人也是有尊严的,也有对抗国王权威的权利。但在约瑟夫·K的诉讼中,K的尊严遭到法律的无情碾压,他的基本权利得不到保障,他的

---

① 陈瑞华:《程序正义论纲》,见陈光中、江伟主编:《诉讼法论丛》(第1卷),北京:法律出版社,1998年版,第22页。

② 季卫东:《程序比较论》,载《比较法研究》,1993年第1期,第28页。

③ E.博登海默:《法理学:法律哲学与法律方法》,邓正来译,北京:中国政法大学出版社,2004年版,第233页。

冤情得不到申雪。真正开释的权力掌握在最高法院的高级法官手中,而他连高级法官的面都见不着,甚至连最高法院的大门都进不去。最后,他彻底丧失了希望与信心,配合地走上刑场,用死亡这种极其壮烈的方式寻求解脱。不过,这并非对法律的维护,而是损害了法的权威。莎士比亚在《威尼斯商人》中塑造的人物夏洛克,虽然是个泼皮无赖,但其勇敢维护自己权利的做法值得称赞。法律与文学研究学者韦斯伯格(Richard Weisberg)也肯定了夏洛克恪守律法的做法,以及对自身伦理价值的伸张与捍卫。[①] 面对法院勒令其改教,没收其财产的判决,夏洛克做出了愤怒的回应:"你剥夺了我的谋生手段,也就夺去了我的生命。"可以说,威尼斯法律同他一起倒下了。

### 三、卡夫卡心中的法

卡夫卡从伦理维度批判了群众口中的法、"准司法人"口中的法,其向往的法是通过其笔下主人公的言行举止、心理活动、生存体验表现出来的,具有以下基本特征:

首先,法应该是公之于众的法。上文也提到,卡夫卡在《关于法律的问题》一文中开宗明义地指出:我们的法律并非人人清楚,这些法律是一小群统治着我们的贵族的秘密。这个秘密是导致公民 K 的权利受到侵犯、生命被无故剥夺的关键,因此,这种法律应受到伦理的批判。在小说中,由于诉讼过程不公开,K 一开始看不到指控

---

[①] Richard Weisberg, *Poethics and Other Strategies of Law and Literature* (New York: Columbia University Press, 1992), p. 93.

书,因而无法确定辩护书的内容。而后在同法院画家梯托雷里的谈话中,他希望找到无罪开脱的文书,但因法院终审判决是不公开的,他最终丧失了希望。K一针见血地指出了司法制度的特征——人们不仅无辜被判罪,而且被判了罪自己还不知道。判决是法适用的载体,渴望判决的公开,同样体现了渴望法的公开。而在小说中,关于法院的典籍,被告一直是不清楚的,被告所研读的法学文献对于一个外行来说实际上是读不懂的,并且它主要是用来让人切记法官和律师的特殊地位的。与约瑟夫·K有着同样遭遇的被告布洛克遵照律师胡尔德的要求,虔诚地研读法律文件。女佣莱尼向律师汇报:"他(指布洛克——笔者)总是跪在床上,把你借给他的那些文件摊在窗台上,看来看去……我看得出来,他是一心一意的……他读得很仔细。他整天摊在一页上琢磨,而且用手指一字一行地划着读。"当律师询问布洛克是否能读懂时,莱尼答道:"每当我去看他时,他便吁吁叹气,好像读得很费劲。你让他看的那些文件可能很不好懂。"律师心领神会地解释道:"那些玩意儿当然是不好懂的。我也不相信他真的能懂。叫他读那些东西,无非想要使他有所了解,我为他进行辩护是一场多么艰辛的战斗。"像作家卡夫卡一样,K被自己所不清楚的法律统治着,他感到"痛苦万分"。法律公开是法治建设的一个标志,政府唯有将法公之于众,才能达到亚里士多德所说的"已成立的法律获得普遍的服从"[①]的阶段。

---

① 亚里士多德:《政治学》,吴寿彭译,北京:商务印书馆,1965年版,第199页。

其次，法应该是神圣、威严的法。一方面，执法者应该是德高望重、清廉自律的。K从前来逮捕他的看守处了解到，法院会违法拍卖被告的财物，拍卖时不管叫价的高低，只看贿赂的多少，所以变卖财物的钱交到被告手中就会少得可怜。K原以为摆在法庭审判台上的书是"法律书"，但打开后却看见一幅幅伤风败俗、淫秽污浊的画面，此时，K的内心几近崩溃，他不能接受这类低俗人的审判。K原以为审理他的案件的法院大楼是气势宏伟、富丽堂皇的，他心想，那栋房子必有某种标志，或者门前有一种特殊的活动，老远就能让人识别出来。所以，当看到位于贫民窟出租房阁楼上的法院时，K的第一感受就是，这样的法院怎能得到人们的尊重？而K还得受其审判！他内心的信仰被一点点摧毁。另一方面，法应有严格的程序规范，具有程序性。程序的特质和功能为法律的效率和权威提供了保障。而在卡夫卡笔下，法是随意的、敷衍了事的。庭审安排在星期天，工作人员声称这是为了不影响K的正常工作，甚至表示，如果K要求安排在别的时间，哪怕是晚上，他们也会同意。表面上看，法院的安排是为了便民，但实际上是法官们随心所欲、不作为的体现，他们疏忽大意，甚至不告知当事人确切的开庭时间与审讯室的地点。除了审讯的日程安排荒谬之外，案件审理的其他环节也毫无程序化、原则性可言。被告随便拿个理由(K的理由是已经约好去拜访情人爱尔萨)就可以不去出庭受审，他也不会因此而受到惩罚。法官对当事人递交的辩护书、证据等置之不理，被告没有充分申辩的权利，诉讼过程对公众保密，指控书和判决书也不向被告公开，甚至处决也是秘密进行的。

再次，法应该是维护人格尊严的法。作为一种人格利益，人格尊严理应受到法律保护。然而，在小说中，人格尊严非但没有得到法律的保护，反而受到法律的无情践踏。K 的邻居毕尔斯泰纳小姐的私人空间遭到侵犯，私人物品遭到亵渎。她租住的卧室被监督官和看守无故占用，她的床头柜被搬到屋子中央当作审判桌。监督官跷着两腿，坐在毕尔斯泰纳小姐的椅子上，一只手搭在椅背上。两个看守坐在一个用绣花布罩着的箱子上，不住地摇晃着腿。旁听审讯的三个银行职员围观毕尔斯泰纳小姐别在墙布上的照片。她放在桌上的几个小物件——蜡烛、火柴、一本书和一根针——也未能幸免于难，被监督官的两只手不住地摆弄着，他甚至打开火柴盒，查看里面有多少根火柴。最后，他还拿起毕尔斯泰纳小姐放在床上的硬圆帽，将其戴在自己头上。因侵占他人财物，两名看守被 K 告发到预审法官处。但预审法官并没有依法查办，而是动用私刑——在一间堆放杂物的仓库里剥去他们的衣衫，对他们进行鞭打。这令受刑人感到"从来没有这样丢过脸""羞得无地自容"。他们的惨叫声惊扰了两个路过的办事员，而 K 解释说："院子里有一条狗在叫，没有别的事。"在 K 看来，这两名看守丧失了基本的人格尊严。像 K 这样的被告更是受尽了法的羞辱，如同 K 在预审法庭上指出的，庭审的目的，不是让无辜的人受审讯，而是在大庭广众面前侮辱他们的人格。K 在一个清晨莫名其妙被逮捕，不得不在看守们的注视下换上他们指定的适合受审的衣服。他们还四处散播 K 被捕的消息，损害其声誉。谷物商布洛克说："我们都知道你是一个被告。像这样的消息早就不胫而走了。"即使是前来找他谈业务的工厂主也知道他"犯了一桩案子",教堂神甫在初次见面时就点明了他的身份——"你是一个被告",就连那些素不相识的人现在都晓得了他的名字。他从前总是非常坦荡地说出自己的名字,而现在这名字成了他心头的一个负担。K 的人格尊严被摧毁,他在预审法庭上大声疾呼:这样的逮捕跟缺少管教的男孩在街头上搞的恶作剧没有什么两样!更令 K 绝望的是,他在法庭上发表完高谈阔论后发现,台下全都是充当听众和密探的官员,他们佩戴着相同的徽章,表面上分成左右两派,一派沉默不语,另一派为他鼓掌喝彩——"好极了!说得太棒啦!好极了!接着说下去吧!"——企图摸清他的底细,其实都是一丘之貉,是在"演练怎样去玩弄无辜人上当的鬼把戏"。K 俨然成了一个滑稽的丑角,被"法"玩弄于股掌之间。在法院审讯室,当 K 因不适应那里污浊的空气而感到头晕目眩时,法院咨询员见状不但不表示同情,反而哈哈大笑。另一名工作人员直言不讳地说:"这笑里包藏着侮辱。"而法院咨询员却不屑地回答道:"只要我最终扶着他(指 K——笔者)出门,再厉害的侮辱他都会包容。"K 的死同样让他受尽了侮辱。法庭派出了两个长相滑稽、迂腐可笑的家伙充当刽子手,他们以一种有条不紊、训练有素和令人无法抗拒的动作抓住 K 的两只手,架着他赶赴刑场。在行刑前,他们强行剥去 K 的衣衫,在石头上反复摆弄着 K 行刑的姿势,又将屠刀在 K 的头顶上递来让去,最后,一个男人的双手扼住了 K 的咽喉,而另一人则把刀深深地刺进他的心脏并转了两下。"像一条狗!"K 的临终遗言是他对自己一生遭遇的最佳注解。卡夫卡补充说:"仿佛他的死,要把这无尽的耻辱留在人间。"被"法"剥夺了人格尊严的又何止 K 一人?同为被告的谷物商布洛克也是一个鲜活的例子。这体现于他在法律人律师面前表现出的阿谀奉承、俯首帖耳的姿态上——他跪倒在律师面前,亲吻律师的双手。"委托人不再是委托人了,而成了律师的一条狗。如果律师命令他像钻进狗窝里一样,爬到床下去,在那里汪汪地学狗叫,他准会兴致勃勃地照办。"虽说法律不保护躺在权利上睡觉的人,但倘若个人不积极维护自身的权利,法律何尝不能认真对待个人权利呢?看着律师羞辱布洛克时,K忍不住想:"他对人的侮辱简直让旁观者无地自容。"人是区别于动物的有尊严和价值观的群体。当人的权利受到侵害时,人的价值和尊严同样受到侵害,最终侵害到的必然是由法建立起来的良好秩序和法本身。

最后,法应该是通过个人努力能够维护个人权利的法。正当的社会秩序应当建立在尊重个人权利之上,保障人权是司法机关的一项重要职能。1987年联合国秘书长哈维尔·佩雷斯·德奎利亚尔在应联合国大会(第42/123号决议)要求起草的报告《保护和促进人权的国家机构》中指出:"法院,特别是普通法院,被赋予了极大的权力,通过运用这种权力,它们可以发挥其能力来坚持人权,包括对被控犯罪和从事其他违法行为的人提供公正、公开和无偏见的审讯这一非常基本的职能。"①只有履行这种职能,司法机关才能保障社会正义,增强公民福祉。在小说中,被告约瑟夫·K没有为自己辩护的权利,对他的指控也没有任何准则可言,充满着不确定的因素。

---

① 爱德华·劳森:《人权百科全书》,汪渌、董云虎等译,成都:四川人民出版社,1997年版,第994页。

黑格尔说:"在法庭上法律得到这样的规定:必须是一种可以证明的法律。诉讼程序使当事人有可能提出证据的诉因,使法官有可能了解案情。这些步骤本身就是法,所以它们的进程必须是法定的……"①若是用这些标准来衡量卡夫卡所描写的诉讼程序,那么事实表明,这种程序粗暴违反了被阐明的西方法律所理解的最简单的基础,诉讼程序并不使当事人有可能"提出证据的诉因"。正如法院画家梯托雷里对被告约瑟夫·K所言:"如果我在这儿把所有的法官依次画在一幅画布上,你站在这幅画布前为自己申辩,那么,你将会得到比在真正的法庭上还要多的成效。"诉讼伊始,代表着法律权威的监督官不愿听被告K的辩解,剥夺了他的发言权,并劝K别再大声嚷嚷自己是清白无辜的,要少开口为好,否则会破坏他在其他方面给人留下的还不错的印象。(剥夺被告的辩护权也体现在卡夫卡的其他作品中。如《在流放地》,旅行者感到奇怪的是,被判死刑的人不被告知判决,也没有任何机会针对指控为自己辩护。对此,军官解释说,因为他集检察官、法官和执行官的大权于一身,所以避免了复杂司法体系会犯错误的问题:给被告人为自己申辩的机会,只会让他说出一串谎言。又如《失踪的人》,总管和门房班长作为一个看不见的检察机关的代表行事,他们危及到主人公卡尔的身体,在他们的盘问中,卡尔没有真正为自己辩护的机会,因为盘问他的人怀着一种带着性色彩的折磨欲干着他们的这种勾当。)对被告煞

---

① 彼得-安德列·阿尔特:《卡夫卡传》,张荣昌译,重庆:重庆大学出版社,2012年版,第384页。

费苦心、满怀希望写成的辩护书,法庭也是置之不理,不问青红皂白就把它们塞进卷宗里,或者将辩护书当作废纸退回给被告,因为审判的新阶段不再需要它们。当事人丧失了辩护权,所呈交的辩护书也无法进入法官们的视线,由此可见,法官们不愿也无法了解案情,更何谈做出公正的判决?此外,支撑这种诉讼程序的法制思想的特点不是"规定",而是完全不确定性的因素。最突出的体现就是法官们变化无常,让人捉摸不透。他们有时会被律师说服并且欣然接受其意见,但有时也会出尔反尔。即使他们用很确定的口吻在律师面前说出他们有利于辩护的打算,可是也许话音刚落他们便走进办公室,为次日的审讯做出一项法院决议,这项决议恰恰包含相反的内容,也许对于被告来说这项决议比他们声称已完全放弃了的那个最初的决议还要严厉得多。这种荒谬的诉讼程序让K逐渐失去了对法的信心、对正义的信念,也失去了对自己命运的主导权。故事伊始,K始终坚信自己无罪,虽然女房东格鲁巴赫太太、邻居毕尔斯泰纳小姐、叔叔卡尔,以及律师胡尔德、律师的女佣莱尼,甚至监狱神甫都认为结果不妙,但K深信不会有严重的后果,甚至表明自己绝不贿赂法官,继而辞掉律师,自己撰写辩护词,以捍卫个人权利。他先是不肯接受他乡下叔叔的邀请,躲到叔叔的家里去,后又拒绝画家梯托雷里关于妥协解决的建议,坚持要最高法官宣判他彻底无罪。K无时无刻不在进行着顽强的抗争,他执着地追求他的目标,勇敢地向权势们要求他的合法权益,要求天经地义的生存权,可见,他的抗争不是一时的心血来潮,而是攸关性命的选择。然而,他的一切努力都是徒劳的。腐败的法官与庸俗的"准司法人"将道听途说、个人经验的东西视为裁判的依据，逼迫 K 让步、妥协。K 越来越被他的这场官司所控制，最终只能无奈地接受死刑的判决。但这种死亡，是愤愤不平的死，死不瞑目。

卡夫卡所处的时代已承继罗马法，司法界已具有较为成熟的职业人群体，法律业已祛魅，成为限制政府权力、维护群众权利的法。奥匈帝国甚至设立了具有宪法审查职能的法院。被誉为"宪法法院之父"的奥地利法学家汉斯·凯尔森（Hans Kelsen）曾言，宪法审查是宪法的司法保障，其目的是保障国家职能的合法性。在奥地利，关于宪法审查的规定最早可追溯到 1848 年奥地利帝国议会为奥地利帝国制定的一份宪法草案——《克罗梅日什①草案》（*Kremsierer Entwurf*）。该宪法草案明确了国家公民的基本权利，虽然其并未规定应撤销侵犯公民基本权利的国家行为，但其规定国家应消除此类行为造成的不利后果和影响。1867 年，"十二月宪法"实施之后，奥地利成为一个君主立宪制国家，奥地利人民的基本权利得到了司法保障。依据该宪法，奥地利帝国设立了帝国法院（1867—1918）。帝国法院的职能主要是解决国家机构之间的权限冲突、保障公民的基本权利、审查违宪的行政行为以及法规的合法性。帝国法院保障了帝国公民的基本政治权利，如平等权、财产保障、人身自由、迁徙和居住自由、职业选择自由等等，臣民可以此抵抗行政机构的侵犯和

---

① 克罗梅日什（德语 Kremsier，捷克语 Kroměří），现为捷克共和国东南部的一座城市，历史上属于统治奥地利的哈布斯堡王朝。1848 年，奥地利帝国的立宪会议在这里举行。在举行会议的几个月中，克罗梅日什曾经短暂地做过奥地利帝国的首都。

国家机构的不作为,帝国法院因此也被称为"基本权利法院"。不过,帝国法院缺乏一种法律审查的职能,因此,当时就有学者如耶利内克(Georg Jellinek)建议设立宪法法院,并赋予其审查法律合宪性的职能,以确保少数人享有向宪法法院提出法律审查的权利。在此背景下,奥地利宪法法院于1919年设立,成为世界上公认的第一个宪法法院。二战之后,世界很多国家和地区都仿效奥地利的做法——设立宪法法院,对法律合宪性进行审查。该国家机构是宪法保障的一种重要方式,在现代法治国家中发挥着重要的作用。宪法法院对法律的合宪性进行审查的职能也是现代宪法审查制度最核心的职能之一。[①]

国家强大的真正力量在于良好的法律和制度体系。当时,奥匈帝国在立法方面走在世界前列,然而,在法的运行中,却陷入由蠢材们运作的困境。被告是否有罪、如何脱罪,接受的应是法律规则、制度的审判,是神圣的审判,而不是在一群腐败、庸俗的世人操纵下的审判。总体来说,卡夫卡对奥匈帝国时期的司法制度持批评态度。在《审判》中,正义的法不能实现,因为它是缺失的。K没有找到这种法的存在,卡夫卡也没有找到。

---

[①] 王银宏:《追寻最早的"宪法法院"——奥匈帝国时期的帝国法院及其宪法审查传统》,载《中国政法大学学报》,2016年第5期,第40—51页。

## 第二节 《审判》中的解脱之路体现出的法的失效

叶廷芳教授指出,人生即诉讼。[①] 卡夫卡通过一场虚构的审判,让笔下的人物与读者陷入诉讼纠缠之中。如何解脱,走向自由?法院画家梯托雷里、监狱神甫,以及 K 自己的积极反抗都映射出了路径,但这些都不能为 K 带来真正的解脱,这体现出的是法的失效问题。究其根源,是因为 K 所处的并非法治社会,甚至是恶法统治的社会,在这样的社会里,公民得不到自由,陷入诉讼的人得不到解脱。

### 一、法院画家的三种方案

法院画家梯托雷里的头衔是世袭的,他对法院审判活动无所不知,对法官的癖好了如指掌。其给出的解脱方案有三:无罪开释、假释和拖延审理。

方案一:真正开释,宣告无罪。K 本无罪,若按照以事实为根据、以法律为准绳、以程序为依托的裁判诉讼规则,K 本应被无罪开释。英国有谚云,最快乐的事莫过于无拘无束。被宣告无罪,成为真正的自由人,这当然是最好的解脱。但在"法律是一小群统治着我们的贵族的秘密"的框架下,在以与法官个人关系、感情亲疏为准则的环境中,这几乎不可能。就连家中几代人都为法院服务的梯托雷里也没见过一个真正无罪开释的案例,这样的案例"不过是存在于传闻之中","无法查证"。更为讽刺的是,画家觉得这样的传闻"非常

---

[①] 卡夫卡:《诉讼》,张荣昌译,北京:华夏出版社,2007年,第1页。

优美动听",于是就拿这样的传闻当题材,画过几幅画。可以看出,无罪开释不过是被告人难以企及的梦想而已,永远无法实现。更何况,人们接触到的只是最低级的法官,他们没有最终宣告无罪的权力,只有最高法院才有这个权力,而最高法院是所有人都无法接近的。因此,梯托雷里打心底不支持K选择该方案。从理论及实践惯例来看,无罪开释的路径是行不通的。没有人有义务证明自己无罪,证明一个人有罪是国家指控这个人有罪的基本要求,但K在昏暗的制度面前,却不断地设法证明自己无罪。当K指出这种解脱方案的矛盾之处时,梯托雷里辩解道:"这些矛盾都是不难解释明白的……这里所说的是截然不同的两回事儿:一个说的是法律中所规定的,一个说的是我亲身体验的,你不能把二者混为一谈。"在成文的法条中,一方面自然有无罪者应无罪开释的规定;另一方面,却不会写上法官可以受人左右的条款。然而,梯托雷里所经历的恰恰与之相反。他没有见过一个无罪开释的案子,可他见过许多靠着人际关系了结的案子。这一事实犀利地批判了"纸面上的法",其仅仅是一副摆设而已,与"行动中的法"相背离。要想"纸面上的法"顺利地转化为"行动中的法",保障法律的正当程序得以遵守,就必须把更多力量放在法律实施上,且有良好的司法状况加以配合。法律社会学派认为,若"纸面上的法"与"行动中的法"相背离,则会削弱国家制定法的权威,只有两者一致,才能增强国家制定法的权威。

方案二:假释。无法实现真正的无罪开释,那么能否实现虚假的无罪开释?即如小说中所述的有人担保的无罪。按照梯托雷里的说法,他会用父亲传给他的无罪证明书的文本,为K写一份无罪证明书，然后把这份证明书递交给他所认识的法官，向他们申明并向他们担保 K 是无罪的。这样一来，有些法官就会要求同 K 会面，梯托雷里会事先详细地告诉 K，见什么样的法官，要采取什么样的态度。等他争取到足够多的法官在这份证明书上签了字，就马上去拜见 K 的主审法官，请求他也在证明书上签字。一般说来，案子办到这一步，就不会再出现太多的障碍了。主审法官手中握着由一些法官签名担保的证明书，就可以放心地判 K 无罪开释了。然而，K 获得的只不过是表面上的自由，说得更确切些，是暂时的自由。案子依然盘旋在 K 的头上，只要上面一来命令，案子立刻就会再次加在 K 的身上。通过假释，卷宗在各级法院间辗转往复，呈上递下，紧一阵儿松一阵儿，这儿停停那儿歇歇。这就给局外人一个假象，以为当事人已经彻底地无罪开释了。可是，了解内情的人都不会这么想。其实，卷宗依然存在，法院根本没有忘记。说不定哪一天，法官突然翻出卷宗，下个逮捕令。从假释到重新逮捕有可能隔着很长一段时间，但也有可能，被无罪开释的人刚从法院回到家，就发现已经有人奉命等着又要逮捕他了。于是，他刚获得的自由又化成了泡影，这桩案子又得从头审理。不过，又会像前一次一样，有可能再次争取到无罪开释。人们又得全力以赴从头做起。可是，第二次无罪开释依然不是最终判决，有第二次无罪开释，就会有第三次逮捕，跟着第三次无罪开释，还会有第四次逮捕，依此类推，没有穷尽。这就是假释的本质所在。总而言之，这种虚假的无罪开释仅仅是初审法院的操作而已，是否撤销指控，是否重新启动，则会随着审级变化、梯托雷里与法官的关系亲疏而定。这种周而复始、没有结果的假释显然不能让 K 得到解脱。

方案三:拖延审理,即将诉讼长久地保持在初审阶段。为了实现这一目标,被告和他的帮手,尤其是帮手,就得同法院不断保持个人关系。拖延审理不需要像争取假释那样耗费精力,但是需要保持高度警觉。被告得时时密切关注案子的情况,定期去找主办法官,而且要想方设法跟他搞好关系。如果被告本人不认识这个法官,那就要通过自己所认识的法官去给他施加影响,但万万不可因此而放弃争取直接跟他面谈的努力。如果被告把这些事都办得妥妥帖帖,那他就可以蛮有把握地断定这桩案子出不了它的第一阶段。虽然诉讼并没有停止,但是被告几乎逍遥法外,就像一个自由人一样。跟假释比起来,拖延审理的优势在于被告的前程不是那么虚无缥缈,他不会遭受突然被逮捕的惊恐,用不着提心吊胆,也免得在种种特别不适宜的时候承受紧张和惊恐的刺激。当然,对被告来说,拖延审理也有某些不利之处。因为从根本上说,得到假释后,被告也不是真正自由了。要想拖住案子,得找些掩人耳目的理由。因此,对外得做做样子,让人觉得案子没有停下来。这就是说,必须时不时做出各种安排,如传讯被告,进行调查,等等。尽管案子人为地限定在一个小圈子里,但它必须持续不断地运作。这样一来,被告就永远摆脱不了案件的纠缠。

画家梯托雷里提供的这三种解脱方案都行不通。无罪开释是 K 最为期待的,但在现实中无法实现。而其他两种方案——假释和拖延审理,用梯托雷里的话说,虽然可以"使被告免受宣判",但 K 还是一语点破了它们的本质——"不能使被告真正获得无罪开释",这无论是从人格、尊严方面,还是从精力、时间方面,都是 K 所不能接受的。于是,他抓起衣服,失望地逃离了这个画室。

**二、教堂神甫的神圣方案**

教堂神甫(文中又称监狱神甫)的职责是引导教徒走向基督,实现内心的自由。然而,在小说中,教堂神甫非但没有为 K 指出正确的解脱之路,反而将 K 推进了绝望的深渊。

通过对教堂和神甫的描写,卡夫卡首先对宗教进行了辛辣的讽刺。教堂里空荡荡的,让 K 的心中"生起一股被遗弃的感觉",教堂的巨大简直到了人们无法忍受的程度。时间是上午 11 点,而且是工作日,天气又那么恶劣,布道前也没有奏响管风琴,教堂里一片漆黑,因此当神甫登上讲坛时,K 以为他只是为了去熄灭那盏大概点错了的灯。在这样的情形下,K 感到十分荒唐。与传统的形象不同,神甫是一个面容圆润、肤色黝黑的小伙子,是受雇于法院的人。神甫登上讲坛,却并未讲道,而只是围绕 K 的案子告知了他一些情况。在交谈中,神甫始终占据着一种居高临下的地位,他拒绝了 K 让他走下讲坛的请求,为此他辩称:"我首先得保持距离,跟你谈话。不然的话,我就太容易受人的影响,从而忘记我的职责。"然而,当听到 K 抨击法院,警醒他在为一个什么样的法院效力时,他完全抛弃了自己那温存的天性,在讲坛上冲着 K 愤怒地大声吼叫:"难道你的目光就这么短浅吗?"神甫的姿态让人很难不想起高高在上、让人无法接近的法官。K 觉得,要是神甫肯走下讲坛,他与神甫的看法和立场是有可能取得一致的,他也有希望从神甫那里得到决定性的、可以接受的方法,比如说,告诉他有什么办法可以从案子中解脱出来、回避开来,可以置身其外,无牵无挂地生活。然而,正是神甫趾高气扬、盛气凌人的姿态,让 K 从他这获得解脱之道的幻想化为泡影。

对于 K 的案子,神甫罔顾事实,仅凭经验判断,就给 K 扣上了"罪犯"的帽子。他指出:"我担心结果将会不妙。他们认为你有罪。你的案子也许永远出不了低级法院的审理。至少从眼下来看,他们认为你的罪有根有据。"对此,K 坚称自己是清白无辜的,他认为:"一个清清白白的人,怎么会莫名其妙地成了罪人呢?"可神甫驳斥道:"凡是犯罪的人都喜欢这么说。"接着,神甫给 K 讲了一则乡下人求见法门而不得入的寓言故事——《法的门前》。神甫想借此告诫 K,法是有的,但通往法的道路困难重重,人们想进入法的内部,往往以失败而告终。听完这则寓言故事,K 自然感受到"守门人就这样捉弄了这个乡下人"。然而,神甫却替守门人辩解:"他不过是一个守门人而已。而作为守门人,他履行了自己的职责。"对此,K 立即指出了其中的矛盾之处:"他并没有履行自己的职责。他的义务也许是把所有的陌生人拒之门外。而应该让这个人进去,因为这门就是为他开的。"为了说服 K,神甫颠倒黑白,对守门人极尽赞美之词:

> 他多年如一日,从来没有擅离职守,直到最后一刻才关上门;他对自己职责的重要性心领神会,因为他说:"我很强大。"他对上司毕恭毕敬,因为他说:"我只不过是最低一级的守门人。"他并不信口雌黄,因为那么多年来,他只提些所谓的"无关痛痒的问题";他不贪赃枉法,因为他每次收到礼物时总是说:"我收下这礼物,只是为了使你不会觉得若有所失。"他尽职尽

责,既不动之以情,又不怒之以恨,因为故事里已经讲到,乡下人"求呀求呀,求得守门人都皮了";最后,甚至他的外貌,尤其是那个又大又尖的鼻子,那把稀稀疏疏又长又黑的鞑靼胡子,也表明了他是一个过分认真的人。难道还能找到一个比他更忠于职守的守门人吗?

神甫甚至将守门人美化为一个富有同情心的人:"那么多年里,他耐心地容忍着那个人的苦苦哀求,常常盘问那个人几句,接受那个人的礼物,虚怀若谷地允许那个人当着他的面,把他当作发泄的靶子,大声地诅咒着命运的不幸,——这一切都可以让人推断出他动了恻隐之心。"

读到最后,我们才恍然大悟,神甫何尝不是法的守门人?同故事里的守门人一样,他守在法的门前,拦住了 K 通往法的去路,成了 K 踏进法门的唯一障碍。最终,K 也领悟到"神甫的话,与其说会帮助他,倒不如说会伤害他"。关于《法的门前》这个故事,神甫告诉了 K 不同的人给出的不同的观点。对此,他的解释是:"我只是把围绕着这个故事的种种说法说给你听。你不要太把注意力放在什么说法上。文字的东西是无法篡改的,而对它的种种说法常常不过是一种困惑的表现而已。"神甫通过文字游戏迷惑 K,想动摇他坚信自己清白无辜的立场。他甚至诡辩道:"对同一事情的正确理解和误解并不完全是相互排斥的。"按照神甫的说法,对同一事物会有不同的理解,但其标准不是尊重事实,而是"不必把他(指守门人——笔者)所讲的一切都看成是真的,只需把它看成是必然的"。在谈话接近尾声时,神甫不忘再次维护法及其代理人所谓的"神圣不可侵犯"的地位,他指出,世人没有评判守门人的权利,"无论他以什么样的形象出现在我们的眼前,他毕竟是法的仆人,也就是说,他是属于法的,因此便超脱于人们的评判之外……他是受法的指定来尽守职责的;怀疑自己的尊严就等于怀疑法本身"。最后,神甫甚至劝诱K欣然接受自己罪犯的身份,放弃对自由的追求。他认为,即使因为自己的职责而被束缚在法的大门上,也比自由自在地生活在这个世界上强得多。神甫是法院意志的体现者,K最终意识到,他被神甫引入了一种不同寻常的思路里,那一堆不可捉摸的东西在他看来更适合作为法官谈论的主题。K一针见血地指出,"谎言被说成是普遍的准则",以此结束了这场荒谬的交谈。

以经验之说的必要性来替代事实说,这就是教堂神甫的方案。这种方案彻底摧毁了K的自信和对公平、正义的信仰。神甫是奉献与光明的化身,是教徒与基督联系的引导人。然而,K在这里看不到光明,"他(指神甫——笔者)举在手里的那盏灯早就熄灭了",K感受到的只是绝望、无奈。神甫千方百计地想让K向法妥协,放弃抵抗,他说:"你首先要知道我是谁……我是法院的人。"隐含之意是"我要完成类似法官的审判"。诚然,神甫的确鼓励过K"千万不能不问青红皂白就人云亦云",然而他的有罪推定,让K忘记了自己,忘记了身份,忘记了抵抗。所以,在去教堂之前,律师胡尔德的女佣莱尼就指出,"他们逼人太甚"。神甫的方案是一条不归路,代表信仰之灯熄灭,这亦是卡夫卡警醒世人之处。

神甫并不能代表自然法。自然法学派认为,在实在法之上,存在着一种根源于人的本性的支配宇宙的永恒理性的法;自然法是理性的命令,现实的法律是自然法在俗世的再现。但神甫的言谈、思想没有体现道德规则、人类理性。神甫不再神圣,他遵循的是世俗的经验法则。一旦法律成为个人法则,则必然与社会资源、人际关系密切相关,使法律沦为人际关系准则。律师胡尔德依靠与法官的关系获得各种资源;为法院服务的画家借助为法官画像的工作传递文件,打探案情;教堂神甫仰仗为教徒与基督建立联系的特殊身份,裁判案件。小说伊始,K 天真地认为自己"生活在一个天下太平、法律刚正的法治国家",所以他拒绝贿赂、拒绝妥协、辞退律师,单枪匹马地挑战司法机构,其结果是不出意外地失败了。貌似强大、倔强、充满理想、情怀的银行高级管理人员,在腐败的法律制度、司法体系下遭到不公正的待遇。正如有些学者指出的,法律只是调整我们日常生活的规范之一,法治仅仅是现代社会的生活方式,而不是幸福的保票。①《审判》将一个貌似强大、有宽敞明亮的办公室,有一定社会地位的银行高级管理人员与将破败不堪的租赁出租房作为办公室的司法机构对立起来,形成视觉上的冲击,彰显"行动中的法"是多么令人可怕,而神圣的"纸面上的法"却在沉睡。国家制定法被一群貌似关心帮助 K 的小丑、愚昧的普通群众、有专业技能的"准司法人"架空,随之而来的则是国家制定法的权威丧失,人情法则横行,这才是《审判》的伦理批判和警醒世人注意的地方。

---

① 苏力:《面对中国的法学》,载《法制与社会发展》,2004 年第 3 期,第 12 页。

### 三、约瑟夫·K 的理性方案

德国哲学人类学家米切尔·兰德曼(Michael Landmann)曾说过:"惟有靠自己理性生活的人,才是一个真正有个性的人。服从人的理性,意味着只服从人自己,不接受来自一般传统和法则的指令,而只接受来自人自己灵魂的指令。"①作为一名具有一定社会地位的银行高级管理人员,约瑟夫·K 莫名其妙被捕,但他没见到拘捕令,也没见到神圣的法庭、德高望重的法官,只有一群贪腐的人在操弄法,将其声誉,特别是其在银行的声誉破坏殆尽。于是 K 奋起反抗,控诉这种机制。他想凭借自己的力量与这个世界的邪恶与不公做斗争。初审现场成了 K 的演讲大会,他慷慨激昂地谴责司法制度的腐败和法官的贪赃枉法。大难临头,他考虑的不是个人的安危,而是公众的共同利益,他大声疾呼是为了那些与他有着同样遭遇的人,而不仅为他自己。在法庭上,K 毫不畏惧地指出,其诉讼背后的主谋就是这个庞大的腐败的司法机构,这个机构在他看来没有任何存在的意义。他把审讯看得一文不值,认为审讯不会有什么结果,也不可能有什么结果;他宣称自己不会再去接受审讯,也不会理睬电话或书面传讯,并且要把法院的使者从屋里撵出去。为证明自己的清白,重获自由,K 干脆辞掉律师,自己撰写辩护词。"纸面上的法"不可能自动实施,特别是私权往往被轻视、矮化,甚至忽视,这需要个人同一切违法行为做斗争。我国学者胡适曾指出,为个人争自

---

① M. 兰德曼:《哲学人类学》,阎嘉译,贵阳:贵州人民出版社,2006 年版,第 98 页。

由就是为国家争自由,争取个人的人格就是为社会争人格。每个主体为私权的斗争,就是守护法律、捍卫真理的行动。K不愿屈从命运,是一个在逆境中生存而又为理想奋斗不息的"英雄",他四处奔走,八方求助,企图通过理性的方式来逃脱非理性世界的迫害,还自己一个清白。然而,这一切注定是徒劳,在非理性的世界里,黑白颠倒,善恶不分,人无法掌握自己的命运,永远处于被操纵、被玩弄的地位。K越反抗,就会在法的天罗地网里陷得越深,最后被判处了死刑。《审判》是卡夫卡为人类命运谱写的哀歌,是对法最犀利的嘲讽与鞭挞。K严格遵守法律却没有获得保护,个人安全受到国家公权力的侵犯。

亚里士多德在《政治学》一书中指出,"法治"应包含两层含义,一是已成立的法律获得普遍的服从,二是大家所服从的法律本身应该是"良法"。① 这里的良法指的是符合道德标准的法律,只有良法,才会被人遵守和执行。因此,制定法律应基于人性的道德,法律与道德应相互融合,实现统一,应将法律的内容正义置于法律的程序正义之前。不符合道德标准的法律不能被称为"法律",即自然法学派所主张的"恶法非法",不应被遵守和执行。《审判》描绘的正是一个"恶法"统治下的社会,法律沦为统治者施以暴政的武器,以法之名,他们肆意剥夺公民的自由,侵害公民的权利,侮辱公民的人格,尤其是身为少数派的公民。这样的法律自然不值得被遵守,不应该

---

① 亚里士多德:《政治学》,吴寿彭译,北京:商务印书馆,1965年版,第199页。

被服从。

  作为生活在捷克人与德国人夹缝中的犹太人,卡夫卡无疑是少数派的代表。在奥匈帝国1880年的统计中,天主教占78.28%,东正教占7.75%,路德教占3.74%,新教占5.67%,犹太教占4.35%。[1]自中世纪以来,犹太人一直被排斥在欧洲的政治、文化和社会生活主流之外,是一个被剥夺了公民权利的弱势群体。由于犹太人和基督徒在对双方共同的圣书——《圣经》的解释上存在着根本分歧,犹太人总是被斥为"应遭诅咒的民族""人类的敌人"[2]。这些无休止的诽谤宣传目的是为了煽动暴徒闹事(常常导致灾难性的后果)和挫伤犹太人的反抗意志。虽然早在1848年,奥地利皇帝兼匈牙利国王弗朗茨·约瑟夫一世就废除了反对布拉格犹太人的种族歧视法,次年又赋予犹太人以平等权利,而后1852年犹太隔离区的正式解散标志着犹太人和布拉格居民之间的社会和法律界限的最后消失。然而,在布拉格地区,反犹思想与暴行一直存在。19世纪下半叶的欧洲,反犹情绪高涨,卡夫卡对种族迫害深有体会。1893年4月,布拉格爆发了声势浩荡的反犹运动,反犹分子袭击了犹太人的住所和店铺。卡夫卡曾言,"所有犹太人都是被开除出社会的拉瓦荷尔(布

---

[1] Zsuzsa Gáspár,*Rakousko-uherská Monarchie*(Praha:Slovart,2011),p. 256.
[2] 阿巴·埃班:《犹太史》,阎瑞松译,北京:中国社会科学出版社,1986年版,第167页。

拉格粗话,意思是爱动武的人、好斗的家伙——笔者)"①。虽然卡夫卡的作品中未曾出现"犹太人"这一字眼,但《审判》的主人公 K 显然是生活在布拉格的犹太人命运的写照。K 是一个无具体姓名、无显赫出身背景的小人物,他形单影只,无父母,无朋友,在社会中"单枪匹马闯荡搏击",受尽了欺凌与压迫,最终沦为阶下囚,被法律机器无情地碾压。

法院画家的三种解脱方案、教堂神甫的神圣方案、K 的理性方案均未成功,说明 K 所处的是"恶法"统治下的社会,虽有国家制定法,但它被扭曲了。为了防止恶法的形成,维护公民的正当权利,具体来说,路径有二。第一,应赋予法院对法律的合宪性进行审查的职能。与帝国时期的帝国法院相比,1919 年成立的奥地利宪法法院的职能最重要的变化在于增加了法律审查的职能,以保障少数人享有向宪法法院提出审查法律合宪性的权利。第二,应强化法院机构的功能,树立司法权威。应成立公正、独立的裁决机构和审判机关,将审判权交还给法官,不能任由所谓的法律代理人代替法官行使审判的职能,因为观念的非职业性带来的对法律事务的陌生使得他们无法对案件做出公正的审判。法官的人选应是法律专家和政治精英,他们负有对公民的生命、自由、权利、义务和财产做出最后判决的责任。法官应能抵制其他国家机关、社会团体及个人对司法活动的干涉,切实保障公民的权利。

---

① 卡夫卡口述、雅诺施记录:《卡夫卡口述》,赵登荣译,上海:上海三联书店,2009 年版,第 86 页。

综上所述,真正的解脱之路应是法律秩序建立在尊重个人人格、尊重私权基础之上,秉持正当程序原则,严格规范行使权力,平衡公权力与私权利之间的关系,既实现对犯罪的惩罚,又保障被告人人格权利,让被告人体面地接受惩罚,让无辜的人不被追究。

# 第三章　卡夫卡法治观的成因探究

卡夫卡法治观的形成与他的教育背景、工作经历、生活环境分不开。法学专业的学习背景让他系统地学习了有关法律的基本理论和知识,涉及宪法、刑法、诉讼法、民法、商法、经济法等,使他具备了法律思维能力与法律事务处理能力,也赋予了他崇尚法律、尊奉正义的精神。之后的与法律相关的工作与生活经历则让他对现实社会有了更精微的洞察,他对现实中的法律运行情况有了更深刻的理解,他亲眼看到的一幕幕工业时代的悲惨景象让他认识到奥匈帝国法律制度的不公以及资本主义制度的矛盾。在资本主义社会,法律并不维护和追求公平,法律只是维护一种秩序,一种有利于资产阶级利益的秩序。这种理想与现实的差距让他形成了对法律爱恨交织的矛盾态度,法律是他安身立命的场域,也是他维护社会公平正义的武器,但同时,奥匈帝国法律制度的邪恶让他感到深深的无力。最终,他选择文学创作作为他进行抗争的途径。

## 第一节　作为法律人的经历

客观地说,卡夫卡是一个名副其实的法律人,理由是多方面的:

第一,卡夫卡为法律科班出身,在大学里受过正规的法律教育和训练,并获得法学博士学位,在法律方面钻研颇深,这种专业素养为其法律文学的创作提供了必要的条件;第二,卡夫卡在律师事务所与地方法院进行过法律实习,他在保险公司的工作也是与法律打交道,他是一名天赋异禀、尽职尽责的执业律师,经常撰写有关法律和法律制度的文章,这为其文学写作提供了丰富的法律实践经验;第三,卡夫卡身边不乏资深的法律人,这对他产生了深远的影响。

**一、大学时代**

1901年10月,卡夫卡在位于布拉格的卡尔斯大学注册学化学。然而,化学这门课程的学习只持续了两周,卡夫卡便承认自己不适合攻读学位所要求的枯燥而精确的实验室课程,如胡戈·贝尔格曼所言:"化学不是从书本里学的,而是在实验室里学的。我们俩在实验方面都不大在行,因为我们总是笨手笨脚的,没法应付那些玻璃器皿。"[①]于是,卡夫卡从化学系转入卡尔斯大学最大的系——法律系。

第一学期卡夫卡选的7门课中有4门是关于罗马和日耳曼法理学的基本概念,这占据了每周24学时中的17学时。剩下的时间就用于学习一些必修课,如实用哲学和德意志艺术简史。出色的老师大概能够让法律基础学习也变得令人振奋,但是从各方面的资料看,卡夫卡的老师们不过是毫无生气的老学究,他们完全忽视学生,

---

[①] 恩斯特·帕维尔:《理性的梦魇:弗兰茨·卡夫卡传》,陈琳译,北京:法律出版社,2013年版,第84页。

甚至对自己所教授的科目也毫无兴趣。卡夫卡本来对罗马帝国的法律理论和天主教哲学家就没什么兴趣，所以他又一次感到自己被湮没在了学术瘴气中，枯燥像一朵毒云包裹着他。在这种情况下，会堂里举行的讲座和讨论会为他注入了新鲜的空气。在文明温和的气氛中，会堂里的社交也十分随意，这大大减轻了法律课程带来的压力，也使卡夫卡的大学时光变得相对可以忍受。但会堂讲座是否对卡夫卡的学术成长产生过影响，还很难判断。会堂的文化活动生动多样，卡夫卡积极参与组织每周的阅读活动，而参加活动的作家也具有多样化的背景，既有梅林克列宾、萨卢斯和韦费尔等国内作家，也有著名的国外作家。然而，毫无疑问的是，在同这些志趣相投者的接触中，卡夫卡受益最大的是他的精神领域而非领悟力，这些随意轻松的联系让他能够更多地表达自己。虽然他从未克服自己的羞涩，但他已经不再因此而感到难为情。而且他的脆弱也让别人放松——人们觉得他是能够被信任的。

　　学习法律是一个挑战，至少对卡夫卡的神经和记忆力来说如此。当时在帝国内，其他更著名的学院的教学和学术水平根本称不上高，而这座城市里这个较小的法学院则更加落后。当代评论家认为当时的情况可以用"令人震惊"来形容，这一评价也得到了卡夫卡的几个更杰出的校友的认同，他们虽然就读于落后的法学院，但是这并没有成为他们的绊脚石。然而，一个机构是由其职能塑造的。这所德意志法学院处在这个非本土而且日渐变得敌对的环境中，任务就是要培养官僚干部，再将其分配到帝国周边地区，以加强中央集权。这个任务并没有给平庸之人带来什么大的压力，而这个法学院在完成这项任务上似乎还挺成功的。可另一方面,非平庸之人就必定要遭灾了,对卡夫卡来说,背下电话簿可能比学习法律来得更轻松。天天看抽象的教会法规或者民法,浸泡在无数的法律术语中,简直就是折磨。教学包括专门的讲座,还有一些研讨会或讨论会。上课出勤是必须的,因为最后的期末考试需要每节课记下详细的笔记,所以出席每堂课是非常必要的。

在最初的三个法学学期中(直至1903年夏),卡夫卡主要学习必修课程——法学史。这门课包括广阔历史背景下的罗马法和奥地利法。此外还有私法、教会法和国际法的个别问题以及费时的法典导论、罗马民法法令大全。课程质量恰恰在头几个学期摇摆不定,因为卡尔斯大学在学术上享有盛誉的法学系除了海因里希·辛格尔外,没有其他杰出的法学史专家。海因里希·玛丽亚·舒斯特尔讲授德国法学史时充满激情,但缺乏系统性和条理性。讲授罗马法导论的埃米尔·普费尔歇喜欢研究政治问题(他是州议会进步党议员),几乎不怎么热心于自己的课程,他把教授课程当作副业,讲起课来没有热情。比较富有教育学灵感的教师有不满40岁的伊福·普法夫,他是奥地利法学史专家,和已经提到过的教会史家辛格尔,一个改信基督教的犹太人,被认为是学究式的文献研究者。然而在大多数情况下课程都让人感到乏味和困倦,教授往往是照过时的讲稿宣读,这种讲稿的笔记,有时在教授们的默许下,在大学生中流传着。

第三学期的国际法是由约瑟夫·乌尔布里希负责教授的,他据称编撰了《奥地利行政术语百科全书》,声名远扬。卡夫卡的同学吉多·基施后来成了一位著名的法理学家,他曾对这位老师进行了生动的描述:"我现在仍然记得他站在讲台上的样子。他面若冰霜,毫无血色,脸永远也不刮,衣冠不整,低着头,眼睛盯着讲台桌,从不曾抬过头。他上课极端无聊,基本学不到什么东西。而且他还有一个糟糕的毛病,有时直接不来上课,也不会提前通知和正式取消。"①

1903年7月,夏季学期结束之后,卡夫卡通过了法学史的国家考试,从而结束了基础阶段的学习。在这场考试之前卡夫卡要花费数星期完成一份家庭笔头作业,它之所以有必要,是因为他用不上自己的笔记,只得在三个梦幻般的学期之后根据同学的课堂笔记做准备。随着1903—1904年冬季学期的开始,大学学业因其提供的题目而对卡夫卡来说在刻苦学习之外有了一种更令人兴奋的文化知识方面的特色,这一专业的三个经典分科——民法、刑法和国家法,仍然主宰着教学计划。此外还有国民经济讲座,这在当时也属于法学专业的课程,因为附属于法学的国民经济学还没成为独立的学科。这一阶段的杰出教学人员有犯罪学家汉斯·格鲁斯,1902年,当他55岁时,他才从采诺维茨的外省大学被调往布拉格(1905年他就被调往格拉茨任教授)。卡夫卡本人三个学期学习的大部分课程都是格鲁斯教的。在这些课上,卡夫卡学到了有意思的侦探学知识和调查程序。后来,有些评论还声称,在卡夫卡著名的《审判》和《城堡》中不仅发现了这些课程的痕迹,还发现了格鲁斯教学的特点。

---

① 恩斯特·帕维尔:《理性的梦魇:弗兰茨·卡夫卡传》,陈琳译,北京:法律出版社,2013年版,第94—95页。

除刑法外,卡夫卡从1903—1904年冬季学期起开始学习政治学、民法、商法、国民经济学和法医学的课程。由于很深奥的经济学和商法的问题只是在讲课中进行探讨,讨论课和练习课也不是法学学习普遍的活动形式,对高等数学一直感到陌生的卡夫卡在听课方面有严重困难。在这方面他达到了自己的理解力的极限,这理解力需要形象的支持,才会受到足够的激励。第二个学习阶段中有影响的教师有讲课充满激情、喜欢用强劲的语调抑扬顿挫地诵读定理的民法专家霍拉茨·克拉斯诺波尔斯基,以及专业上享有盛誉,注重研究现实问题,教学超出中等水平学生理解能力的国民经济学家罗伯特·楚克康德尔。

克拉斯诺波尔斯基是个很有影响力的法律学者,他崇尚奥地利民法,认为其地位不可动摇,并把它作为日常生活的圣经。他不是什么精神上的巨人,却痴迷于收集各种法律漏洞、陷阱和诱饵,也正是这种爱好使他得到了教授的席位。当时,前牧师、维也纳哲学教授弗兰茨·冯·布伦塔诺由于其宣传的理论被帝国统治者认为是反动的,被贬到布拉格大学。在这里,布伦塔诺继续他的宣传工作,又吸引了一批热情专注的追随者。而年轻的克拉斯诺波尔斯基提供了所谓的正当理由,将这个麻烦制造者彻底驱逐了出去。克拉斯诺波尔斯基认为,神职人员都有保持贞洁的誓约,这一誓约在法律上的效力是持续一生的,即使其后来不再担任牧师,或者直接叛教,都不应有所改变。而布伦塔诺之前是个牧师,后来又结婚了,这不仅违反了教会法,还违反了民法。不管这种法律诡辩看似多么可疑,但克拉斯诺波尔斯基还是得到了布拉格大学的教授席位,这个席位后来又由布鲁诺·卡夫卡(卡夫卡的二堂兄)接任。而布伦塔诺则在佛罗伦萨度过了余生(1917年去世),虽然他一再被贬,但他仍成了新兴的狂热大众追捧的对象,即使到了卡夫卡的时代,他在布拉格也还有一群忠实的门徒。然而,尽管有这些缺点,或者也许正是因为这些缺点,克拉斯诺波尔斯基还是成了一名颇具震撼力、声如洪钟的教授,可能还是法学院中唯一认真对待工作的教授。然而,这也使他成了一位严厉的、令人生畏的评分员。在卡夫卡最后考的民法这一科中,四个教授中有三个都投票判他及格,只有克拉斯诺波尔斯基意见相反。

十年后卡夫卡回忆起楚克康德尔,特别尊敬他,"因为他跟别人不一样,别人讲课拖沓烦琐,他只是给人以一种简洁明了的印象,他一定是遏制了自己的那些无论如何要令人折服的主要意图"[1]。楚克康德尔在1917年注意到卡夫卡的短篇小说,并且如卡夫卡的朋友费利克斯·韦尔奇所说的那样,他怀着很敬佩的心情读了它们,但几乎一点儿也不记得这是他从前的学生,"如果他是我们的博士,那我一定认识他的"[2]。

1904—1905年冬,卡夫卡还自愿聆听了弗兰茨·冯·布伦塔诺的弟子埃米尔·阿尔雷特的一个新哲学史讲座。这位对法律知识心神不定的法学学生这时候显然对哲学问题越来越有兴趣,这种兴

---

[1] 彼得-安德列·阿尔特:《卡夫卡传》,张荣昌译,重庆:重庆大学出版社,2012年版,第92—93页。
[2] 彼得-安德列·阿尔特:《卡夫卡传》,张荣昌译,重庆:重庆大学出版社,2012年版,第93页。

趣也受到他所处环境的激励。

1905年夏,在只上了7个学期的课之后,卡夫卡的学业已经正式完成。在最后一个学年里他主要听商法和国民经济学讲座,听统计、竞争法和国民经济政策课程,而正统的专业课则只有克拉斯诺波尔斯基讲授的民法了。1905年秋国家考试阶段开始,它一直延伸至1906年6月。自1872年起适用、1893年再次修订的博士学位口试制规定,奥地利王室世袭领地的法学家要进行三门口试,但不做笔试和学术性家庭作业。考试范围包括民法、(自1893年起完全适应奥地利情况的)国家法和法学史的领域,以及相应的附属科目。考试委员会由至少三名考官和系主任组成,考生的考试结果由委员会表决决定(票数相等时系主任的一票起决定性作用)。与1872年以前实施的旧规章不一样,只有大学教授可以参加国家考试,法官、检察官或公证人均不可参加。

在准备考试的过程中,卡夫卡认识到,他通过听课所做的准备是有很大缺陷的。三年后,1909年4月,他还回忆起持续的学习压力在他心头引起的那种绝望情绪,说他是"满怀悲伤和忧愁",磕磕绊绊"不间断地进行未完成的自杀"[1],并在此后渴望能伸开胳臂飞出他窄小的房间。从1905年10月起,他便试图通过每天不知疲倦地从早到晚地学习掌握必不可少的专业知识(首先在民法领域),以弥补在不专心学习的大学时代所耽误的功课。为了不致分心,他每

---

[1] 彼得-安德列·阿尔特:《卡夫卡传》,张荣昌译,重庆:重庆大学出版社,2012年版,第112页。

次聚会都不参加,冷落自己的朋友,并且晚上也不外出,黎明时他就已经坐在写字台前了。1905 年 11 月 7 日他通过了第一部分考试、二级博士学位口试(民法、商法和票据法),如前文所述,四个考官中有三个投赞成票,只有公认严格的克拉斯诺波尔斯基——他的民法课要求学生死记硬背——投了反对票。

由于教材内容参差复杂,所以备考特别艰难,这个在第一场考试之后进行的三级博士学位口试,在正常情况下考生原本可以有将近五个月的准备时间。然而卡夫卡勇敢地选择了一个更早的考试日期,这也就使得他没什么机会去填补自己巨大的知识缺陷。"在我的知识少得还简直微不足道的时候,我却选了一个极早的考试日期。"①当系主任、商法学家奥托·弗兰克尔出于组织方面的原因再次将考试日期提前几天时,卡夫卡便盘算着开一张医生证明撤回考试申请。只是出于对自己的冷漠情绪的恐惧他才被迫冒险跳进这冷水中。由于他知道,自己简直什么事都只有在遇到挫折时才会去干,于是,他刻意强迫自己在艰难条件下学习。他担心舒适的学习条件会让固有的懒散习惯占上风,并且会比无情走动着的分针的苛刻要求更粗暴地危及考试结果。

在第二阶段考试之前的几个星期里,由研习抽象教材而遇到的方法学方面的困难不断增加。尤其是由楚克康德尔讲授的财政学和国民经济学卡夫卡很难领悟,因为它们要求一种数学技能,卡夫

---

① 彼得-安德列·阿尔特:《卡夫卡传》,张荣昌译,重庆:重庆大学出版社,2012 年版,第 112 页。

卡没有这种技能。像统计学和决算学这类课程，也包括1900年后学术性不断增强的国民经济学领域，卡夫卡全都不熟悉。由此他看到自己漂浮到使自己毛骨悚然地回忆起属于他父亲的世界的商业领域。在他大学学习时期这个世界的经济现实就似乎早已像一个神秘的权力游戏的危险信号消失于他的视野之中，这是他在1919年明确承认了的："我到底还是惧怕商行，还在我进入九年制中学并因此而进一步远离商行之前，这反正早就不再是我的事情了。"①在行将结束的1905—1906年冬季学期，他认真研读了马克斯·布罗德抄写的，由楚克康德尔和阿尔弗雷德·韦伯教授的国民经济学课程的笔记，进行不系统的、纯粹为通过考试而做的准备工作。1906年3月13日，他勉强通过考试，五票中三票赞成，这次考试由系主任主持，考官包括楚克康德尔、阿尔弗雷德·韦伯、国家法学家劳赫贝格和主管行政法的乌尔布利希。几天后他以如释重负者的自我解嘲口吻承认：答辩进行得轻松愉快，尽管并不显得知识丰富，但没有朋友的笔记他是及格不了的。②

此后还有三个月，卡夫卡开始进行最后的冲刺。卡夫卡把自己关在房间里刻苦地死记硬背对他来说纯属多余的东西——作为不自愿的隐士、受到被从前的懒散而惩处的隐士。一级博士学位口试内容包括德意志法和罗马法的历史课程、教会法规和天主教教会法

---

① 彼得-安德列·阿尔特：《卡夫卡传》，张荣昌译，重庆：重庆大学出版社，2012年版，第113页。
② 彼得-安德列·阿尔特：《卡夫卡传》，张荣昌译，重庆：重庆大学出版社，2012年版，第113页。

规。备考中,卡夫卡至少可以在必要时动用他在二级博士学位口试前已掌握的一般性知识储备,所以准备工作就比前几个月更有系统,也更充分。系主任再次对他施加压力,给他规定了一个很早的考试日期,然而卡夫卡没有提出抗议("由于我羞于比他更谨慎,所以我没有提出任何异议"[1])。1906年6月13日,他全票通过这最后一场博士学位口试,这场考试的考官除了弗兰克尔外,还有他在前几个学期里认识的法学史家普法夫、辛格尔,和不久前才被调来布拉格、主管中世纪法学史及矿山法的副教授阿道尔夫·曲夏。

考试程序的结束意味着考生获得法学博士学位,在当时的奥地利,获得博士学位不必撰写博士论文。直到1978年,递交博士论文并进行论文答辩的规定才在对法学学习作一次彻底的修订补充的框架内被重新采用,虽然在帝制时期就已经有批评者发表不同看法,他们指摘这种不严格的博士学位授予权,并认为进行三场博士学位口试证明不了考生的学术才能。《布拉格日报》的一位匿名评论员提及:"即使是保守的学术圈也无法否认,如今在奥地利要获得法学博士并不需要什么特别的能力,其要求大部分只是形式化的,因此许多刚获得法学博士的人没有任何学科的专业知识。"[2]虽然这个评论很可能是准确的,但也是没有意义的,因为对大部分学生——也包括卡夫卡——来说,博士学位只不过代表能掌握一般的

---

[1] 彼得-安德列·阿尔特:《卡夫卡传》,张荣昌译,重庆:重庆大学出版社,2012年版,第113页。

[2] 恩斯特·帕维尔:《理性的梦魇:弗兰茨·卡夫卡传》,陈琳译,北京:法律出版社,2013年版,第98页。

方法,达成一般的效果,也就是说达到了能够进入政府部门或者公私合营部门的一般水平。1906年6月18日,卡夫卡在一个在办公大楼举行的大学庆祝活动中从阿尔弗雷德·韦伯的手中接过他的考试成绩单。7月初,这位刚通过考试的人登出了一则简短的广告,在这则广告中他把自己新的学术头衔公布于众:"弗兰茨·卡夫卡很荣幸地宣布今年6月18日星期一他在布拉格帝国德语卡尔·费迪南德大学被授予法学博士学位。"①

**二、从律师事务所到地方法院**

1906年4月1日,还在最后一场博士学位口试之前,卡夫卡就已经进入旧城环城路里夏德·勒维博士的律师事务所当了临时助理员。按照奥地利模式,在波希米亚王国,法学系大学毕业生得在法院无偿服务一年,即所谓的"法律实习"。"法律实习"是指,在奥地利,一个谋求律师职业或某些政府机构职位的人通常要在大学毕业后当记录员、预审法官助理等,部分在刑事法庭,部分在民事法庭服务一年。1906年10月1日,卡夫卡开始了自己的正式实习培训,先是在专区民事法院和刑事法院,自1907年3月中旬起,在地方法院,这些是当公务员的必要条件。由于卡夫卡没有一丁点儿申请政府职位的打算,而且作为犹太人,想得到这样一个职位的概率也微乎其微,所以卡夫卡这么做只能理解为他在又一次拖延时间,以推迟终将面临的父子摊牌。

---

① 彼得-安德列·阿尔特:《卡夫卡传》,张荣昌译,重庆:重庆大学出版社,2012年版,第114页。

卡夫卡在当地的刑事法院担任书记员,在那里他接触到了一个基本的问题:在犯罪心理学中关于确定犯罪行为的适当研究对象的争论——是罪犯的心理和个性还是引发犯罪行为的社会力量,到底哪个更值得关注?学界一般认为,奥地利是现代犯罪心理学发展的领导者。卡夫卡作为一名法学学生,直接接触了其最重要的实践者汉斯·格鲁斯教授。汉斯·格鲁斯教授在奥地利格拉茨当过多年的调查法官,从1902年开始在布拉格大学研究刑事司法和法理学,他被认为是犯罪学的创建者之一。格鲁斯首先提出了使用警犬的观点,并且他最具创新意义的贡献在于他更关注罪犯而不是罪行。在他看来,法律教育不应该局限于掌握法律知识,还应该了解罪犯的心理。这种观点在经格鲁斯广泛的实际经验的戏剧化佐证后,他成为少数几个真正具有影响力且很受欢迎的教授之一。卡夫卡与格鲁斯一起研究刑法和刑事诉讼,格鲁斯的里程碑式研究著作《调查法官、警察和宪兵手册》于1893年首次出版,几十年来一直都是警务工作的"圣经",每一种欧洲语言都有相应译本(至1915年格鲁斯去世时,有了55种译文)。这本书在整个欧洲被广泛推崇,格鲁斯在这一主题上的标准著作《犯罪心理学》(1897年首次出版)也是如此。毫无疑问,卡夫卡对他的老师出版的作品非常熟悉。格鲁斯是一位刑法经验主义者,他对自己的调查技术很有信心,他认为,科学测试的提问程序适用于刑事被告时,可以高度确定地区分有罪和无罪。格鲁斯在他的刑法研讨会上阐述了这些技巧,卡夫卡在1904—1905年冬季学期还在法学院时就参加了这个研讨会,当然,当时有很多争论。卡夫卡敏锐地意识到了围绕格鲁斯的争议,以及

"纯粹法律"和"自由法律"理论家之间的冲突。"纯粹法律"的提倡者主张法律是"独立自主的","自由法律"的提倡者主张用一种更加社会学的方法来研究法学。虽然卡夫卡从未就这些问题确定一个坚定的立场——卡夫卡的文学作品只是背景的折射,而不是对这种法学骚动的清晰反映,但他的思想根基却牢牢地扎根于哈布斯堡王朝最终崩溃的前几年,围绕着混乱的迅速发展的奥地利司法体系而展开。

### 三、在保险公司

随着法学教育的完成和他的法庭书记员生涯的结束,卡夫卡陷入了当时更为司空见惯的争议之中。卡夫卡从事今天被我们称为"风险管理"的工作。1907年10月1日,卡夫卡被一家意大利私人保险公司——忠利保险公司(Assicurazioni Generali)布拉格分公司雇佣。忠利保险公司当时的总部在奥地利特里埃斯特,成立于1831年,原来主营运输、海运和火灾保险业务,后来扩展到人寿保险。在卡夫卡所处的时代,新员工都要接受培训,才能进入这个日渐有利可图,又没有多少技术要求的行业。开始,卡夫卡作为"临时帮手",他必须学完保险法课程,才能胜任自己的新工作。这一新的工作领域似乎曾引起过他的兴趣,因为它展示了他在纯理论性的大学学习期间接触不到的具体前景。在次年2月至5月期间,卡夫卡利用业余时间在布拉格经贸学院修完了会计和保险法课程。授课的讲师中,有后来他转到国家劳工工伤保险公司后成为他的顶头上司的罗伯特·马施纳尔博士和欧根·普福尔,以及未来的同事西蒙德·弗莱施曼。他们都是有责任心的部门负责人,他们的工作热情同卡夫卡的大学老师们阴沉的例行事务的风格形成鲜明对照,因此卡夫卡聚精会神地学习。在所有他报名上的课程中,他都以优秀成绩通过结业考试。不过,在忠利保险公司的日常工作并不怎么让人感到适意,卡夫卡忍受不了办公室里的紧张气氛和工作压力。在1907年11月给恋人海德维希·魏勒的信中,卡夫卡写道:"办公时间是没法偷闲的;即使是在一天工作的最后半个小时里,我还是会感到像刚开始的第一个小时里那样,身负着后面八个小时的压力……我早晨八点到办公室,晚上六点半下班。"①他平常每天得工作10个小时,每个星期至少工作六天,还加上周日的额外工作,也没有补贴,只要公司需要他就必须到岗。而且,忠利保险公司是个营利性的企业,希望在国际市场上一争高下,它激进的管理方式绝不会允许奥地利盛行的草率邋遢之风存在,而这在当时帝国错综复杂的庞大官僚体系中是很普遍的,不论公众部门还是私营部门均如此。虽然卡夫卡刚好有个特别文雅的上司,而且对文学还很感兴趣(事实上,两人保持着友好的关系),但是卡夫卡还是无法应对这些繁重的工作任务。因此,几个星期后,他就开始另找一个更适合的工作了。

1908年6月底,卡夫卡成功入职国家劳工工伤保险公司,担任助理公务员。该公司是在波希米亚执行奥匈帝国工人赔偿法的一个政府机构。卡夫卡是在熟人(下文将提及的大学同学爱德华·普里布拉姆的父亲)的帮助下才进入这家公司的,因为犹太人一般进

---

① 恩斯特·帕维尔:《理性的梦魇:弗兰茨·卡夫卡传》,陈琳译,北京:法律出版社,2013年版,第143页。

不了公共事业单位。布拉格的犹太人在国家和地方公务员中所占的比例很低。1909年,在该市3000名公职人员中只有23个犹太人。卡夫卡在该公司的法律处工作,担任法律顾问。

这家保险公司是一个比较新的国营机构,波希米亚王国试图用它来证明王国的现代风格。在德国,俾斯麦1878年制定的《反社会主义非常法》对工人实行工作保障。这一保障1883年5月底正式生效。由于新的社会运动而开始陷于困境的国家试图以这样的方式清偿自己对被马克思称为"现役的劳工大军的伤残者妆容院"的道德上的义务。1887年,奥地利政府通过了《劳工工伤事故法》,1889年起在多瑙河地区实施。奥匈帝国在致力于新改革立法方面排名第三(仅次于德国和瑞士),对事故的强制赔偿成为改革动力的核心目标。人们在整个国家中建立了七个大型劳工工伤事故保险公司,以监督保险保障的执行。这家于1889年11月1日建立于布拉格的保险公司是七家君主国公司中最大的一家,它的职权范围遍及整个波希米亚王国,目的是监督所有使用机器生产的、工人超过20名的企业。这些公司被要求购买意外伤害保险。根据所从事的工作的危险程度,公司被分为不同的风险类别。作为奥地利行政法和保险法领域的专家,卡夫卡在研究奥地利复杂的工业事故保险制度方面迅速成为公认的权威。他在保险行业的统计分析经验(从他在布拉格理工学院接受的研究生培训和他毕业后在意大利保险公司分公司担任的第一个职位获得的)使他在处理意外事故保险方面得心应手。1908年,卡夫卡来到布拉格的工人协会时,仅这个办公室就有250名员工,管理着35000多家工业企业,企业数量接近奥地利所有土地上要求为工人投保的公司的50%。从财政政策角度来看,公司对国家来说是个沉重的负担,因为公司要经常填补保证金缺口,而这些缺口必须用公共资金来补贴且费用远超过收入,因为大多数企业尽人皆知地不按时缴纳自己的保险费,或者使用虚假统计数字,以便可以被归入较低等的风险级别。在详细撰写的"上诉书"中——在通过诉讼途径提出的对指定的保险金的异议中——保险公司试图压低该付的款项,而它们则通常以对自己被划分的级别是否正确做出法律鉴定来应付。

卡夫卡致力于研究那些由于机器故障、缺乏安全措施,或工人过度疲劳而发生的严重工伤事故导致的后果。被锯木机或钢索绞车轧断的肢体,被敞开转动的传动轮剥去头皮,烧伤,中毒和腐蚀损伤——卡夫卡对有明确法律根据的赔偿要求的实事求是的报告显示出工业时代的可怕景象。卡夫卡的日常工作包括评估需要应用到工人协会管辖范围内的"从工具棚到工厂"的每个行业的风险程度。他的职责还包括对矿山、采石场、工厂和其他商业和制造场所的事故发生的原因进行调查研究。这些活动将卡夫卡推入了有争议的经济利益和力量的旋涡中。尽管工人协会的官员们远离纯粹法律和自由法律的不同拥护者之间的哲学辩论,但他们显然支持试图扩大新的事故保险法的适用范围的司法激进主义。不断壮大的捷克实业家阶层抱怨,由于新的社会立法的颁布,他们承担了不公平的成本比例。卡夫卡利用他的法律部门负责人的职位,扩大了新法律的覆盖面,并向雇主施加压力,要求他们遵守保险费支付时间表。保险费的多少由自1907年7月1日起在波希米亚生效的危险等级分级制计算得出。卡夫卡不仅要保护目前法律尚未涉及的那些职业的工人,而且要在工业各部门之间重新分配保险费用的负担,即比法律所要求的更加公平。卡夫卡致力于工业意外保险法律的行政改革。他挑战了将强制性保险范围限制在某些特定行业的重大司法裁决。他批评了新保险法的起草方式,因为它们在适用时几乎没有留下行政灵活性的空间。他主张在立法历史和最初意图的基础上,制定一个宽泛的法律解释,从而带来成本和利益的更公正的分配。卡夫卡对他所在的机构过去未能全面赔偿受伤工人表示道歉,并承诺在现有法律范围内实施有益的改革。卡夫卡在保险公司工作期间所拟定的一系列文件显示了他的专业工作的技术范围:建筑行业和汽车行业的强制责任保险,木材刨床事故预防指南,农业和碾磨事故预防指南,黏土、砂和砾石坑采石场的事故预防指南,事故率的经济分析,规则的起草和执行,爆破作业,作为宗教和道德责任的急救,负伤退伍军人援助,高层建筑、糖厂、纸浆和造纸厂的安全监管,事故预防和残疾人培训,以及建立一个退伍军人精神疗养院。

现实的政治形势也渐渐开始影响卡夫卡的职业工作。1915 年刊印的 1914 年年度报告,他撰写了其中的 70 页,这期年刊第一次论述了考虑到受战争制约的工厂里使用非技术工人的情况。它包含一批细致入微的统计文献资料,有 106 个被新纳入波希米亚管辖区的企业,有与此相关的工业家们的申诉,有公司的司法反应以及在个别情况下进行的诉讼,此外还有一份保险费清单和劳动保护技术问题陈述,特别是在采矿方面。卡夫卡在这里证明自己是个有独立判断能力的专家,拥有将近十年的行政法学家的经验。

卡夫卡的工作负担在1915年加重了,因为保险公司从此以后要用其组织上和财政上的资源对战争蒙难者及死者家属进行理赔。他的工作量增加了,直至1916年1月1日之前他的办公时间增加了从16点到18点的两小时。除了工厂事故保险以外,从法律上审查残疾军人的供应要求也是卡夫卡的一项工作职责。曾经梦想过在士兵团体和集体中履行义务的他,在这里第一次见识到了技术装备战带来的令人毛骨悚然的后果,断肢人和破相人、伤残人和心理上受到创伤的人,在落入社会深渊的边缘苦苦挣扎,过着一种困苦不堪的生活。

1920年初,保险公司领导部门将卡夫卡升任为秘书。通过这一升迁——它标志着捷克董事会赏识这位公职人员的训练有素和忠诚——他当上了科长,他的权限扩大了,他有了相当于襄理的权限。这位新任命的秘书的工作是处理公司全部的司法信件的往来,审查和编辑法律上的表述和鉴定,并将其呈交给各个科室。这个业务部门对公司所有20个科室都有一种显要的监督功能,旨在提高内部的工作组织效率。

卡夫卡是一名勤奋认真的员工,受到上级的褒奖,入职后不久,他的上司就给予他很高的评价:"对所有任务都非常有激情和兴趣","卡夫卡博士是个非常勤奋的员工,非常有才干,尽职尽责"[①]。

---

[①] 恩斯特·帕维尔:《理性的梦魇:弗兰茨·卡夫卡传》,陈琳译,北京:法律出版社,2013年版,第150—151页。

首席检查员欧根·普福尔直至1917年一直是卡夫卡的直属上司,他坚持认为"没有卡夫卡,整个部门都会垮掉"①。卡夫卡圆满完成了公司分派给他的各种工作,包括法律分析和倡导,以及对更广泛的政策问题提出解决方案,尽管在那个反犹太主义盛行的时代和地方(商务抵制、街头骚乱、袭击犹太人设施和杀人祭神、歇斯底里在1897年的巴代尼危机后便是布拉格人日常生活中司空见惯的现象),他是唯一一个在研究所担任要职的犹太人。卡夫卡有一双锐利的眼睛,能抓住最微小的细节,他的极度敏感和学究式的全面性在这方面也派上了用场。但更惊人的是,卡夫卡能迅速吸收对他来说完全陌生的领域的大量知识,这是他学术潜力的明证,和他在学校相对一般的成绩表现形成了鲜明对比。比如,他在1907年和1908年的公司年报中,探讨了建筑行业强制保险覆盖方面的法律问题,以及发动机使用过程中出现的一些新问题。而在1909年和1910年的公司年报中,他阐述了安全措施的技术方面的细节问题,比如如何改进机械榫面。这个问题的解决最后使许多工人的肋骨免受损伤,也挽救了许多工人的生命,在波希米亚占主导地位的木材行业的多个工厂中,效果尤其明显。

**四、身边的法律人**

自1901年秋起卡夫卡便时常参加"德语大学生朗诵、演讲大会堂"举办的报告会、讨论会和朗诵晚会。估计他是通过他的舅父西

---

① 恩斯特·帕维尔:《理性的梦魇:弗兰茨·卡夫卡传》,陈琳译,北京:法律出版社,2013年版,第152页。

格弗里德·勒维知道这个机构的,在他上大学期间舅父曾是"大会堂"的成员。所有跟他关系密切的中学同学,除了卡米尔·吉比安以外,都在第一学年加入了"大会堂"。这里形成了一种严格的等级制度,它重现了中学的不对称权力差别:年轻成员组成"燕雀群",而年龄大些的学长们则联合组成"委员会"。在弗兰茨·卡夫卡作为一名低级别的会员参加"大会堂"活动的那几年,理事会的领导人正是卡夫卡家族的一名成员——上文提到的他的二堂兄布鲁诺·卡夫卡。布鲁诺对"大会堂"的领导毫不放松、非常生硬,但也使"大会堂"得以高效运转,难怪后来他成为布拉格一名出色的律师和政治家。弗兰茨·卡夫卡和布鲁诺·卡夫卡的基因联系就是他们共同的曾祖父约瑟夫·卡夫卡。布鲁诺的父亲莫里茨多年来都为赫尔曼·卡夫卡代理法律事务。虽然两家有这些联系,而且两人肯定在大学里、"大会堂"里都常常见面,但是弗兰茨和布鲁诺之间从不打交道。没有证据表明,布鲁诺这位比弗兰茨大两岁的堂兄曾屈尊承认这个堂弟的存在。而弗兰茨反过来是怀着敬畏和尊重看待布鲁诺的。在他看来,布鲁诺也属于自己眼中那种不知疲倦、能力非凡的人。然而,在某个更深的层面上,共同的祖先遗传的基因扎根在他们身上,使他们分裂成相似的两股对抗势力。首先,他们的长相都表现出相同的家庭遗传:同样的黑色眼睛和浓密、乌黑的头发,布鲁诺的五官较为粗糙,嘴上似乎永久冻结着鄙夷之色。他们俩差不多高,但是布鲁诺 6 英尺高的身躯有膘有型,这也象征了他无边的傲慢和雄心。微妙的自我憎恨和对犹太教复杂的矛盾心情,使卡夫卡一生都在挣扎,他于 1914 年 1 月 8 日写下这样的话:"我同犹太人有什么共同之处呢？我和我自己都没有什么共同之处。"[1]而对布鲁诺来说,他是以专横、傲慢的自信看待这件事情的,严厉地贬斥任何同犹太教或犹太人有关的东西。布鲁诺·卡夫卡的锋芒毕露无疑掩盖了他在学术方面更大的潜力,然而,他是一名完美的权术家和机会主义者。他很有天赋,能够教授法律,为刑法编撰注释,但是他的迅速崛起更多要归功于他对金钱和权力之间关系的一种本能把握。接受洗礼为他获得德高望重的教授席位铺平了道路,他同波希米亚的"铜王"马克斯·邦迪的女儿的婚姻使他获得了一大笔财富。马克斯·邦迪后来也受了洗,改名为马克西米立安·邦迪,获封为博特罗普骑士。当这位新获封的骑士及其岳父大人收购了德语报纸《波希米亚》后,布鲁诺成了该报的编辑和出版商,他的政治生涯正是从这个职位开始的。在最风光的时候,他成了德意志国家民主党的领袖,他后来代表该党成为捷克斯洛伐克国会议员。布鲁诺1904年以优秀成绩获得博士学位,给民法学家霍拉茨·克拉斯诺波尔斯基教授当助教。布鲁诺在布拉格开办了一家卓有成效的律师事务所,后来成为布拉格大学教授,当上布拉格大学校长。尽管英年早逝(他于1931去世,年仅50岁),但他还是能够作为批评家和法律草案的有创见的撰写人,作为政治家和克拉斯诺波尔斯基学术遗著的编纂者,并以自己的法学著作为一种富有成果的生活做出证明。

在大学期间,卡夫卡结识了他的同乡——同有犹太血统的马克

---

[1] 恩斯特·帕维尔:《理性的梦魇:弗兰茨·卡夫卡传》,陈琳译,北京:法律出版社,2013年版,第250—251页。

斯·布罗德,一位杰出的作家、戏剧和音乐评论家,此人后来成了卡夫卡的终生挚友。布罗德亦就读于法律专业,曾在司法、邮政机构和保险公司供职,一度任捷克斯洛伐克部长会主席团成员。1902年10月23日,刚刚开始学习法律的18岁的马克斯·布罗德在朗诵和演讲厅做了一个论叔本华的报告,他捍卫叔本华的意志哲学,反对用尼采的生命学说对它重新做出颠覆性的评价。卡夫卡在听众中间坐着,对这位充满激情的九年制中学学生热情洋溢地捍卫的论点一直抱怀疑态度,因为他认为这是对广受推崇的《查拉图斯特拉如是说》的主要思维模式的一种攻击。在两人一起回家的路上,他同比自己年轻一岁的布罗德交谈了起来,一路上他们谈个不停。他们走过旧城的一条条街道,不觉得时光在流逝。布罗德在他的长篇小说《阿诺尔德·贝尔》(1912)中顾影自怜地描写了这一值得回忆的情景。虽然他们在哲学和美学问题上的意见不一致,但这并不妨碍两人的友谊。而且他们对职业与文学的态度是一致的,都认为谋生的职业不得与文学有任何关联,否则就是对文学创作的一种贬抑。于是,出于对艺术的尊重,两人都从事极其令人厌恶、远离艺术、枯燥乏味的法律这一行,备受煎熬。布罗德最杰出的天赋是他敏锐的洞察力。比如,雅洛斯拉夫·哈谢克的《好兵帅克》和莱奥·亚纳切克的歌剧能够驰名于世,大部分要归功于布罗德的热情推荐。他发掘并推荐了当时还默默无闻的卡尔·尼尔森,并竭力为那些他认为没有得到应有的认同的诗人和作家提供帮助,在中欧文学圈子里很少有人能够望其项背。不过,四十四年之后的1968年,当84岁的布罗德在以色列特拉维夫逝世时,他最受瞩目之处,还是同卡夫卡的联系。这位无私的朋友虽然没有遵循卡夫卡的遗愿，但是挽救了大师的作品，使其免于毁灭。

布罗德的朋友费利克斯·韦尔奇和奥斯卡·鲍姆也对卡夫卡产生了持久的影响力，两人都是1903年同卡夫卡第一次见面的。由于有着共同的背景和许多共同的兴趣，这四人迅速结成了一个小核心，持续数年都没有解散，他们至少每周定期聚一次，读书、讨论，对他人的作品进行评论，一起去布拉格周边远足，光顾那些据说更卫生的店，激烈地讨论关于生活和艺术的终极问题。每个人都从四人团体当中汲取情感支持和创新观点，卡夫卡尤甚。卡夫卡和韦尔奇长得有些像——两人都高高瘦瘦的，将近6英尺，他们走路的姿势非常相似，从远处看常常被搞混。但重点是他们俩关系亲密，在一起时轻松自在，对于两个如此怯懦冷淡的人来说，这样的关系确实少有。卡夫卡在和韦尔奇在一起的时候笑得最多，而韦尔奇也是第一个强调卡夫卡作品中幽默所起的作用的人——伤感的幽默被绝望钉牢，但两者又同时得到了解放。韦尔奇天资聪颖，多才多艺，还小心谨慎，是四个人当中最博学多才也是逻辑最清晰的人。他后来成了当代犹太教最重要的人物之一，还是布拉格复国主义周报《自卫》的主编，但是他一直都很谦虚、腼腆，甚至有点妄自菲薄，有点类似卡夫卡的羞怯。他俩同样都有种别扭的幽默感，以此掩盖常常凶猛肆虐的自我毁灭的冲动。卡夫卡在1906年后的一段时期里与韦尔奇建立起一种更亲密的关系，1912年5月他才作为年长者按惯例以书信的方式向韦尔奇提议二人用"你"相称。韦尔奇后来说，他特别赏识卡夫卡身上那种友善和认真的秉性。韦尔奇也是一位法律系学生,走这条路同样是非己所愿。在 1907 年获得法学博士学位后,他又花了四年时间获得了哲学博士学位,这足以表明他的毅力,但这亦是无益之举,没法谋生。1911 年获得第二个博士学位后,他只好在布拉格大学从事一项地位较低的职业——当一名图书馆管理员,直到 1938 年移民巴勒斯坦。在耶路撒冷,他在希伯来大学图书馆工作,直到 1964 年 80 岁时去世。

在大学最后一个学期里,卡夫卡和一位花卉爱好者爱德华·普里布拉姆的友谊也加深了。他们一起参加了最后的考试。普里布拉姆和卡夫卡不同,这位中学时代的同学头脑清醒、理智,作为一名出色的法律系学生(后来成为一位出色的律师),他以优异的成绩通过了考试。关键是,普里布拉姆开始活跃于名流圈,成为上层社会的一名新锐,但同时仍然保持了自己的耿直和广博见识。普里布拉姆的父亲奥托·普里布拉姆先生是一家大型工业企业的老板,还是工伤保险公司的董事长,非常具有影响力。通过爱德华·普里布拉姆,卡夫卡至少表面上接触了这个陌生又高层的圈子、这个金钱和手腕说了算的世界。事实上,几年后,多亏了普里布拉姆的父亲,工伤保险公司才降低要求,放松了不雇佣未皈依基督教的犹太人的政策,刚好卡夫卡博士可以适用例外条款而入职。

在国家劳工工伤保险公司,与卡夫卡在专业上直接相关的同事是法学家西格蒙德·弗莱施曼博士,正如卡夫卡冷嘲热讽地记下的,他是一个被同化了的有捷克和德国家庭背景的犹太人,"彻底的社会民主党人",坚定的和平主义者并充满热情地服从于保险法。但任业务上司的是罗伯特·马施纳尔,一个头脑非常机灵的法学家,卡夫卡与此人形成了一种非常宽松的关系。1909年3月在他被任命为公司经理之际,卡夫卡按惯例向他致颂词,赞扬他的"实事求是的精神"和"诚挚坦率的作风","这是一个非常值得欢迎的选择。一个人从此确实得到了一个与他极其相称的职位,而这个职位则得到了这个它迫切需要的人"①。

## 第二节 对法律爱恨交织的矛盾态度

虽然卡夫卡的一生与法律有着千丝万缕的联系,可是,从个人情感上说,法律只是他的"职业",而非"志业"。

在大学时代,卡夫卡之所以选择学习法学专业,是因为在当时,一个犹太毕业生面临的情况是,除非他愿意接受洗礼进入政府部门担任国家公职,否则只有自由职业可供他考虑。对于犹太人来说,法学专业颇具吸引力,因为它展示出律师和公证人这种自由职业的前景,半数以上的犹太大学生在十九、二十世纪之交攻读法学。然而,对卡夫卡来说,法学并不是他最热爱的专业,学习法学只是一个权宜之计。在《致父亲的信》中,他写道:"我并不是没有真正的择业自由……关键是找一份不太伤害我的虚荣心、能容许我持无所谓态度的职业。于是,学法律就是理所当然的了。"②

卡夫卡是在一片唉声叹气声中开始学习法学专业的。在不涉

---

① 彼得-安德列·阿尔特:《卡夫卡传》,张荣昌译,重庆:重庆大学出版社,2012年版,第162页。
② 卡夫卡:《卡夫卡中短篇小说全集》,叶廷芳等译,北京:人民文学出版社,2015年版,第445页。

及个人的听课活动中,卡夫卡可以作为自由人而消失并梦幻般地沉浸在自己的思绪中。卡夫卡没有潜心研究第一学期的主课罗马法学史,而是在大阶梯教室里驰骋想象。他神情恍惚地听着演讲者的单调声音,没有深入艰涩的内容中去(这种疏忽将使他不得不在期中考试前付出巨大辛劳)。在平淡无奇的境况的压抑下,1902年春他就逃离法学的桎梏而去听日耳曼语言文学、哲学和艺术史的课程。他甚至决定放弃法律,再一次换专业,转学日耳曼语言文学和艺术史。这个选择又是极不实际的,也遭到了——也许就是故意为了激起——预料之中的父亲愤怒的反对。

1903年11月底,卡夫卡前往慕尼黑,在那逗留了两个星期,虽然布拉格的法学课程已经开始,但他不愿返回。估计卡夫卡在1903年的秋季学期再次考虑返回学习日耳曼语言文学,然而这份勇气没有大到他可以为转换专业做出决定的地步。希望儿子有一个市民阶级前程的父亲的反对和对绍尔的沙文主义的民族语文学的回忆在这方面都起了作用。很明显,卡夫卡曾试图逃离布拉格,远离父母,逃离法律专业的各种羞辱,但这一切都无果而终了。这些都是不坚定也不热心的尝试,尽管这种尝试带着天才般的自信,徘徊于梦游的边缘。总之,卡夫卡接受了失败,承认似乎一切都是命中注定。1903年12月初,卡夫卡返回布拉格,无奈地决定再次试着去学自己不喜欢的法学。在剩下的五个学期里,他开始安心地接受沉闷的学习,以获取法学学位。卡夫卡从不隐瞒自己不喜欢法学,他在1911年的日记中写道:"现在是晚上,我从早晨六点开始就学习了,之后我发现,我的左手出于同情已经抓住右手的手指一会儿了。"①关于他的大学生活的单调乏味,卡夫卡于1919年这样写道:"我学法学。这就是说,在考试前的几个月里我神经大受损伤,精神上简直是以锯末为食物,而且这锯末是经千百张嘴预先咀嚼过了喂给我的。"②

除了不喜欢法学,卡夫卡也从来没有当律师的想法,为此,他在自己为谋求律师事务所实习工作的简历中解释道:"我只是为了充分利用时间才进入律师事务所,这也是我立刻和律师先生商定了的,因为一开始我就不打算在律师事务所长期干下去。"③卡夫卡是个如此认真的作家,他说这话不可能是随随便便的;如果说那时他还不明白自己想要什么,但他肯定是清楚自己不想要什么的。这份工作没有薪水,也比较轻松,不用承担什么责任,使卡夫卡心安理得地度过了两个月的夏天,也安抚了恼火的父亲。在这之后长达一年之久的法院实习,他也是笼罩在一种淡漠的情绪之中。在回忆这段往事时,卡夫卡抱着怀疑态度把在法院中的一年称作"所谓的混日子时期"④。

---

① 马克斯·布罗德:《灰色的寒鸦:卡夫卡传》,张荣昌译,北京:北京十月文艺出版社,2010年版,第39页。
② 彼得-安德列·阿尔特:《卡夫卡传》,张荣昌译,重庆:重庆大学出版社,2012年版,第90页。
③ 马克斯·布罗德:《灰色的寒鸦:卡夫卡传》,张荣昌译,北京:北京十月文艺出版社,2010年版,第255页。
④ 彼得-安德列·阿尔特:《卡夫卡传》,张荣昌译,重庆:重庆大学出版社,2012年版,第153页。

对卡夫卡来说,法律虽不是他的志向所在,但这是让他认清了残酷的社会现实的途径,也是他与当时腐朽的社会制度做斗争的武器。卡夫卡在工伤保险公司任职的十五年经历,足以使他看清资本主义社会的黑暗。卡夫卡的传记作家马克斯·布罗德有以下记录,当看到工人们因公致残而胆怯地走进工伤保险公司祈求帮助时,卡夫卡曾惊讶地说:"这些人是多么老实啊,他们没有像潮水般地冲进保险公司,把一切砸得稀巴烂,而只是过来这里,请求我们。"①卡夫卡同情工人们的遭遇,他认为,工人有权得到比他们实际得到的多得多的东西,因为有钱人的奢侈是以穷人的贫困为代价的。他总是站在工人的一边,在工作中竭力维护他们的合法权益。1911年11月4日《德意志农民报》上发表的他的《生产保险与企业主》一文(诚然,没有作者署名)就可以作为佐证。另一个例子出现在卡夫卡1914年的日记里,是一篇短篇小说开头部分的草稿,描写一个穷人来见"进步保险公司"的经理,应聘雇员职务的经历:

"您的额头太凹了,"经理对他说,"样子真怪。您以前在哪儿做事? 怎么? 您整整一年没有工作啦? 什么缘故呢? 是得了肺炎? 嗯,嗯! 这个情况,对您当然是很不利的,是吧? 您当然明白,我们只能录用身体健康的人……噢,您的病已经好啦? 嗯,嗯! 当然,这也可能。不过希望您声音稍微放大一点! 您

---

① 恩斯特·帕维尔:《理性的梦魇:弗兰茨·卡夫卡传》,陈琳译,北京:法律出版社,2013年版,第151页。

这样嘟嘟囔囔简直让我受罪。这表上写着,您是结了婚的,还有四个孩子。同时您又整整一年没有工作了! 您瞧,亲爱的! 噢,您的妻子给别人洗衣服? 嗯,嗯! 当然啦……"①

在这段草稿里,作者既不掩饰他对傲慢无礼的有钱人的憎恶,也不掩饰他对不幸的失业者的同情和怜悯。这里极力暴露、突出和渲染的,正是他们之间的鲜明对比。这个场面,无疑是卡夫卡从生活里截取来的,也许还是从他自己的业务实践中截取来的。但是他把它变成了对资产阶级冷酷面目的讽刺性的揭发,无论是这家保险公司的名字"进步保险公司",还是读者只能听到经理先生自以为是的腔调这一点,都有助于这种揭发。在处理工作中致残或者丧生的工人前来索赔时,卡夫卡本能地认同这些受压迫者。当他认为工人成了官僚机构越轨行为的牺牲品时,就会与公司为敌,在法庭上偷偷帮助工人打赢官司,有时还会替原告支付诉讼费,虽然他本人并没有承认过这种秘密的慷慨行为。

卡夫卡还曾于1910年写过一篇很好的论文《木材刨床事故的预防措施》,主张采用刨木设备,他认为这种设备可以减少操作刨木机的工人发生事故的次数和严重程度,他还用图表来支持他的论点。② 1914年,他还为工人意外事故保险协会写了一篇文章《采石

---

① 德·扎东斯基:《卡夫卡真貌》,见叶廷芳编:《论卡夫卡》,北京:中国社会科学出版社,1988年版,第459页。

② Franz Kafka, *Franz Kafka*: *The Office Writings*(Princeton:Princeton University Press,2008),pp. 109–115.

场事故预防》,这篇文章强调了采石场的不安全工作条件,并配有15张采石场的照片。在文章中,卡夫卡用异常富有表现力的语言加以评论,这与其他保险报告的冷静风格相背离,"这个采石场的景象令人担忧。废墟、瓦砾和垃圾覆盖了视线范围内的一切……(工人)脚下的废墟……在1914年3月解冻期间崩溃。幸运的是,坍塌时工人们正在喝下午的咖啡,否则他们所有人都会被活埋。"①后来,卡夫卡将采石场作为《审判》的主人公约瑟夫·K被处决的刑场,凸显其是一个致命的地方。卡夫卡非常同情受伤的工人,他倾向于责备雇主对安全问题的漠不关心,同时认为帝国官僚机构的其他部门应对工人补偿计划的缺陷负责。

卡夫卡真正的兴趣所在是文学创作。尽管他出色地完成了保险公司的工作,但他更愿意全职写作,他多次表达了自己对保险公司工作的厌恶之情。繁忙的工作让他很难挤出时间进行文学创作,他曾在入职忠利保险公司一个月后感慨道:"写作,现在我已经被剥夺了从事这个可怕的工作的权利,这项损失是我全部的不幸。"②卡夫卡无法平衡办公室工作与写作的关系,为此他备受折磨,"写作跟办公室工作水火不容。写作的重心位于生活的幽深处,而办公室却

---

① Franz Kafka, *Franz Kafka: The Office Writings* (Princeton: Princeton University Press, 2008), p. 291.
② 恩斯特·帕维尔:《理性的梦魇:弗兰茨·卡夫卡传》,陈琳译,北京:法律出版社,2013年版,第143页。

浮于生活的表层。这种永恒的起起落落注定会把我撕裂"[1]。他在1913年8月21日的日记中再次写道:"我的职位对我来说是不可忍受的……一切不是文学的事情都使我无聊,叫我憎恨,因为它打扰我。"[2]卡夫卡把办完沉闷的公事后余下的全部时间都用在写作上,他成夜地写着他的书稿,克服着头痛,克服着一阵阵疲倦、软弱和绝望的情绪。卡夫卡在1922年7月5日给布罗德的信中写道:"写作维持着我,但这样说不是更正确些吗?写作维持着这一种生活。当然我的意思并不是说,要是我不写作,我的生活会更好。相反,不写作我的生命会坏得多,并且是完全不能忍受的,必定以发疯告终。"[3]写作是卡夫卡维系自己的生存并与社会进行抗争的途径,"我要不顾一切、不惜任何代价来写作。这是我为生存而进行的战斗"[4]。(值得注意的是,卡夫卡创作的第一部作品的标题就是《一场斗争的描述》)这种斗争使卡夫卡的生活充满了快乐,他在生命的最后日子里写道:"斗争使我充满了超出我享受能力或天赋能力的欢乐,也许

---

[1] 恩斯特·帕维尔:《理性的梦魇:弗兰茨·卡夫卡传》,陈琳译,北京:法律出版社,2013年版,第241页。

[2] 卡夫卡:《卡夫卡书信日记选》,叶廷芳、黎奇译,天津:百花文艺出版社,2005年版,第38—39页。

[3] 卡夫卡:《卡夫卡书信日记选》,叶廷芳、黎奇译,天津:百花文艺出版社,2005年版,第163页。

[4] 加洛蒂:《卡夫卡》,见叶廷芳编:《论卡夫卡》,北京:中国社会科学出版社,1988年版,第398页。

不是在斗争中,而是在欢乐中我将支持不住而死去。"①通过写作,卡夫卡想成为"人类的替罪羊",从而"允许人享受罪愆而不负罪,几乎不负罪"②。

卡夫卡不能完全献身于文学创作,原因是多方面的。一方面,卡夫卡当时已经足够世故,明白他极痛苦、极缓慢的创作过程根本没有一丝希望能养活自己;他更不能期望取得布罗德和其他许多朋友已经取得的那种名望和成功。卡夫卡在1911年3月28日的日记中写道:"撇开我的家庭关系不谈,由于我的作品产生缓慢,由于其独特性,我便不能赖文学以生存。"③卡夫卡在毕业之时一行字都没有发表过,没有赚到过一分钱,还得完全依靠父母生活,父亲赫尔曼·卡夫卡总是不厌其烦地提醒他的"儿子大人"关于自己贫苦童年的往事——"七岁时我就推着小推车走街串巷啦""我冬天没棉衣可穿,腿上好几年都是裂开的冻伤""家里没有给过我一个子儿,连我当兵时也没给过,倒是我往家寄钱呢"④。赫尔曼已经供出了一个博士,不打算再供一个一文不名的三流作家。另一方面,卡夫卡没有选择写作作为职业的根本原因,是他对写作有着太过于崇高的看

---

① 加洛蒂:《卡夫卡》,见叶廷芳编:《论卡夫卡》,北京:中国社会科学出版社,1988年版,第395页。
② 卡夫卡:《致马克斯·勃罗德》,见叶廷芳编:《论卡夫卡》,北京:中国社会科学出版社,1988年版,第731页。
③ 卡夫卡:《卡夫卡书信日记选》,叶廷芳、黎奇译,天津:百花文艺出版社,2005年版,第9—10页。
④ 卡夫卡:《致父亲的信》,见卡夫卡:《卡夫卡中短篇小说全集》,叶廷芳等译,北京:人民文学出版社,2015年版,第432页。

法,他将写作看成一项神圣的使命、一份庄严的职责,致使他怎么也无法把它跟蕴含在"谋生的职业"这个词语和概念里的那种令人难堪的情形联系起来,于是他选择法律行业作为他文学创作的"庇护所"。他的法律人职业还能给他的文学创作带来灵感。他从工作经验中,从与生活在社会底层的工人的接触中,以及官僚系统内的繁文缛节中,形成了自己对周围世界的批判的态度,也奠定了其作品悲观主义的基调。在处理工业伤害的中欧官僚机构担任律师的这一工作影响了他的小说,法律始终是其小说中的一个突出的主题,他在小说创作中频繁地借用他在日常工作中遇到的事件或经历,还"经常阅读布拉格德文报纸中的法律汇编以了解法律趋势"[1]。

纵观以上分析,可以说,卡夫卡对法律的态度,是爱恨交织的。一方面,他的法学知识背景、法律工作经历、身边的法律人,都让他对法律产生了浓厚的兴趣,法律是他安身立命的场域,也是他作为社会人实现自我价值的途径,他也因此感到欣慰与自豪。但另一方面,在卡夫卡眼中,法律是恶的代名词,他曾言:"我是法学家,因此,我不能摆脱恶。"[2]法律也是卡夫卡与当时黑暗的资本主义社会做斗争的武器,他运用自己的法学知识,在与法律相关的工作岗位上,默默地维护着受压迫的工人阶级的利益。同时,作为一个有着社会责任感的作家,卡夫卡还在文学的殿堂里尽情地揭露、批判当时法律的罪恶。

---

[1] G. Dargo, "Reclaiming Franz Kafka, Doctor of Jurisprudence", *Brandeis Law Journal*(2007),45(1):505.

[2] 卡夫卡口述、雅诺施记录:《卡夫卡口述》,赵登荣译,上海:上海三联书店,2009年版,第17页。

## 第四章　卡夫卡法治观对我国法治现代化建设的启发

通过立法治理国家、管理社会是一种源远流长的政治法律实践和社会文化现象。在我国,"法治"一词最早见于先秦诸子的文献,如《管子·明法》就有记载:"威不两错,政不二门。以法治国,则举错而已"。① 在我国很早的时候,法治已经作为与"礼治""德治"等概念相对立的一种治国方略被提出了,其主张"不别亲疏,不殊贵贱,一断于法""不务德而务法"等,认为法是治理国家和管理社会的最基本的手段和工具。

马克思指出,法律是社会发展到一定阶段的产物。② 早在两千多年前,亚里士多德就对法治进行初步定义,认为法治应当包含两重意义:已成立的法律获得普遍的服从,而大家所服从的法律本身

---

① 萧公权:《中国政治思想史》(一),沈阳:辽宁教育出版社,1998年版,第185页。
② 中央马克思恩格斯列宁斯大林著作编译局:《马克思恩格斯选集》(第三卷),北京:人民出版社,2012年版,第260页。

又应该是制定得良好的法律[1],即"良法善治"观。但何谓良法善治,需要根据社会发展进一步厘定。随着启蒙运动的发展,自由、平等、人权等思想迅速传播,法治现代化的雏形初现。1885年,英国宪法学家阿尔伯特·韦恩·戴雪(Albert Venn Dicey)出版法学著作《英宪精义》,书中提出法治三原则,即法律的至尊性,人民只受法律的治理,除法律之外,没有任何其他的物可以对这个人治罪;法律面前人人平等,一切阶级都受普通法律的管辖,普通法律在普通法院执行;宪法的原则形成于普通法院的判决。[2] 1964年,美国学者富勒(Lon L. Fuller)又结合社会发展的变化,提出八项法治原则,即法律具有一般性、法律具有公开性、法律不能溯及既往、法律规则必须明确、法律规则不能相互矛盾、法律规则要求的行为必须是人们力所能及的、法律规则必须具有相对稳定性、法律规则的规定与实施必须一致。在系统论述这八项法治原则之后,富勒得出一个结论:法治是一项"实践技艺",要了解法律运行情况,在什么情况下以及在什么样的平衡下来实现,其任务不亚于立法者。[3] 法律的实施关乎人民权益能否实现,这就需要推进法治现代化建设。

我国学者认为,法治现代化是指法律在由传统社会到现代社会

---

[1] 亚里士多德:《政治学》,吴寿彭译,北京:商务印书馆,1965年版,第199页。

[2] 戴雪:《英宪精义》,雷宾南译,北京:中国法制出版社,2017年版,第254—267页。

[3] 富勒:《法律的道德性》,郑戈译,北京:商务印书馆,2017年版,第55—111页。

的变革过程中的存在状态和变革过程,表现为法律制度自身的科学化、合理化。① 也有学者认为,法治现代化是人类社会法治文明演进过程中的历史性变革,旨在实现从传统的法律理念、法律制度、法律实践、法律价值向现代社会的法治理念、法治制度、法治实践、法治价值的历史性转变。② 我国学者又将法治理念总结为四个方面内容:法律的权威性是法治赖以实现的根本保障,限制公权力是法治的基本精神,公正是法治最普遍的价值表述,尊重和保障人权是现代法治的价值实质。在具体操作方面,提出八项举措:法律必须具有一般性、法律必须具有公开性、法律不溯及既往、法律必须具有稳定性、法律必须具有明确性、法律必须具有统一性、司法审判独立、诉讼应当合理易行。③ 进而言之,法治现代化的内涵是指在尊重和保障人权的基础上,实现良法善治。这既涉及立法的问题,也涉及司法运行方面的问题,可以用"科学立法、严格执法、公正司法、全面守法"16个字予以概括。

我国法治建设道路是在中国共产党的领导下,结合我国历史、文化等国情走出的一条新道路。历经新民主主义革命时期、社会主义革命和建设时期、改革开放和社会主义现代化建设时期,以及中

---

① 刘永红、聂应德:《国家治理现代化视阈下法治现代化的内涵及功能》,载《西华师范大学学报》,2017年第5期,第105页。

② 公丕祥:《法治现代化的中国方案》,载《江苏社会科学》,2020年第4期,第41页。

③ 朱景文主编:《法理学》,北京:中国人民大学出版社,2008年版,第133—135页。

国特色社会主义新时代四个时期,特别是党的十八大以来,中国特色社会主义进入新时代,我国法治建设跨入现代化新征程。党的二十大报告强调,必须更好发挥法治固根本、稳预期、利长远的保障作用。法治现代化建设是推进国家治理体系和治理能力现代化应有之意。中国式法治现代化道路不是西方资本主义法治道路的翻版,而是中国特色社会主义法治道路,具有三个方面的内涵:中国式法治现代化道路是法治现代化的社会主义道路,是法治现代化的中国道路,是人类法治文明的康庄大道。[1] 中国式法治现代化道路具有三个特点:从模式上看,坚持结合本国国情,不走英、法、德等西方国家内生演进型道路,也不走日、韩、新等东亚国家外发推进型道路,而是自上而下与自下而上双向推动相结合的法治现代化新道路;从方法上看,坚持"试点+推广"的法治改革模式,在先行先试形成集成性制度创新、示范性改革的基础上再予以全面铺开;从比较法上看,我们既坚持自己传统文化,又注重兼收并取,积极吸收新理念,不断推进立法、执法、司法、普法工作的发展。我国法治现代化迈上新台阶,目标明确、道路坚定、方向清晰。战略定位是中国特色社会主义现代化总体布局,发展目标是建设良法善治的法治中国,路径选择是全面推进依法治国。

需要指出的是,卡夫卡笔下构筑的法律世界与当今法治现实有较大差距,特别是关于逮捕、庭审、死刑执行等方面的内容,均采用

---

[1] 张文显:《论中国式法治现代化新道路》,载《中国法学》,2022年第1期,第10—17页。

了夸张与戏谑的笔法(有学者用"梦境现实主义"[①]一词来评价卡夫卡的创作风格),可以说是虚幻的刑事诉讼案件。但这并不妨碍他通过细致的观察、真切的体会,以生动的文字、逼真的描写,将群众参与诉讼的期盼、焦虑与矛盾的心理揭示出来,以致百年之后,他的小说能够为我们提供从正规史料中无法找到,也不可能找到的,但又真实可信的材料。相比于那些浩如烟海的法律典籍,或单调刻板、毫无生机的史实记录,这些材料更具人性化,也更能让我们管窥当时法律运行的状况,以及昔日的光景与时代氛围。小说反映的内容磅礴,以诉讼进程推进为线,以诉讼参与人为轴,对与之相关的群众、律师、法官等芸芸众生,以及以法院为代表的国家机构运作状况进行了细致入微的描写。法律社会学学者认为,"纸面上的法"是一回事,实践运行的法又是一回事,两者有时并不一致。马克思强调,法律程序是法律内部生命的表现。《审判》犹如照妖镜,通过一场诉讼,深刻地揭露出"行动中的法"与"纸面上的法"相背离的现象,反映出当时西方社会腐朽状况,也揭穿了古典自然法虚伪的法治观,以及国家制定法成为人情法则,法的权威被架空的现实。《审判》所反映的涉及立法、执法、司法、普法等方方面面的问题,其中有些随着社会的发展得以解决,但有些仍然存在,值得我们去探讨,尤其是在推进全面依法治国的今天。推进全面依法治国的根本目的在于不断满足人民群众对立法、执法、司法、普法等各个方面的新需要,

---

[①] 卡夫卡:《卡夫卡全集》(第10卷),叶廷芳主编,石家庄:河北教育出版社,1996年版,第444页。

《审判》中反映的法治问题为改进我国的法治现代化建设提供一些启发。

一要加强党的领导。党的十八届四中全会作出的《中共中央关于全面推进依法治国若干重大问题的决定》指出:"党的领导和社会主义法治是一致的,社会主义法治必须坚持党的领导,党的领导必须依靠社会主义法治。"坚持党的领导是社会主义法治的根本要求,也是历史必然。全面依法治国是我们党提出来的,把依法治国上升为党领导人民治理国家的基本方略也是我们党提出的,而且党一直带领人民在实践中推进依法治国。《中共中央关于全面推进依法治国若干重大问题的决定》还明确提出,"坚决维护宪法法律权威,依法维护人民权益,维护社会公平正义,维护国家安全稳定"。党的十九届四中全会通过的《中共中央关于坚持和完善中国特色社会主义制度推进国家治理体系和治理能力现代化若干重大问题的决定》,进一步提出建设中国特色社会主义法治体系,坚持依法治国、依法执政、依法行政共同推进,坚持法治国家、法治政府、法治社会一体建设的重大决定。充分体现系统思维、顶层设计,有效避免法治建设碎片化问题,从"有法可依、有法必依、执法必严、违法必究"到"科学立法、严格执法、公正司法、全民守法"新阶段。也有学者认为,我国法治现代化的重要一环是顶层设计法治化,其对国家治理规范性、整体性、系统性、有序化推进具有重大意义。[①] 这就要求我们必

---

① 刘永红、聂应德:《国家治理现代化视阈下法治现代化的内涵及功能》,载《西华师范大学学报》,2017年第5期,第107页。

须加强中国共产党的领导。党的领导是中国特色社会主义最本质的特征,是社会法治最根本的保证,也是实现我国法治现代化根本所在、命脉所在。实践也证明,党中央成立深化改革领导小组,负责改革总体设计、统筹协调、整体推进、督促落实,有力促进了我国法治现代化发展。在党的统一领导下,从建设"法治国家"到建设"法治中国",统筹推进法律规范体系、法治实施体系、法治监督体系、法治保障体系和党内法规体系建设,走出了一条中国法治现代化建设新路径。

二要厘定法治现代化理念。理念是行动的先导,决定方向和道路。有的观点片面认为,有了法律制度,就是法治,或是有了司法机关,就是法治现代化。这种将制度、国家机构等同于法治的观念,无法保障公民权利。良法如何落地落实,如何实现善治是法治现代化发展的关键问题。限制公权力是现代法治的基本精神。公权力的滥用是侵害公民权利的主要原因。于是,法治现代化不同于传统法治理念的一个显著区别就是,尊重私权、限制公权。通过法律限制行政权力是法治最主要的原则。西方亦有谚道:风能进,雨能进,国王不能进。《审判》中描述侵犯公民约瑟夫·K 的个人权利的刑事追诉权、司法审判权,就是其中一个典型。尊重和保障人权是现代法治的价值实质。人权是人应当享有的基本权利,是近现代社会中道德和法律对人的主体地位、尊严、自由和利益的最低限度的确认。保护人的主体地位、尊严、自由和利益是国家的基本义务,也是社会文明进步的标尺和动力。奥匈帝国亦有宪法,亦建有专门审判机关,但并未有效保障公民权利不受侵犯。在约瑟夫·K 这个刑事追诉案件中,不重视程序保障是公民权利受到侵害的主要原因,没有指控书,没有告知罪名,没有告知权利,以致 K 陷入莫名的焦虑和恐惧之中,公民权利成为纸上符号。

新时代社会主义法治思想对"以人民为中心"这一法治国家建设的核心作了全新阐述,将我国法治现代化建设推向新高度。具体要求就是坚持两个原则:一是以保障人权和公民权利为目的;二是要积极回应人民群众的要求和期待,增强人民群众的获得感、幸福感和安全感。同时,坚持人民的主体地位,让人民体会到国家法治的公平正义。[1]

三要明确立法的价值定位。唯有良法,方能实现天下善治。党的十八届四中全会指出,同党和国家事业发展要求相比,同人民群众期待相比,同推进国家治理体系和治理能力现代化目标相比,法治建设还存在许多不适应、不符合的问题;有的法律法规未能全面反映客观规律和人民意愿,针对性、可操作性不强,立法工作中部门化倾向、争权诿责现象较为突出。同时,立法方面还存在群众参与层次不够广泛问题,专家立法现象突出,基层群众意见收集不够畅通。法律是治国的重器,良法是善治的前提。建设具有中国特色的社会主义法治体系,必须坚持立法先行,充分发挥立法的引领和推动作用,抓住提高立法质量这个关键。法律应当具有"权威性、一般性、公开性、稳定性、明确性、统一性",良法是立法民主化的结果,法

---

[1] 何勤华、周小凡:《"中国特色社会主义法治理论"考》,载《中国社会科学》,2022 年第 12 期,第 71—72 页。

律规则应当以民主方式制定。我国有学者指出:立法应当遵循民主、科学、法治三原则,注重法律规范体系的严谨,重视立法程序的公开透明。① 在厘定国家公权与个人私权方面,树立国家尊重和保障人权的制度,认真贯彻以人民为中心的思想,注重人民权利保护,并贯穿法治现代化整个过程。核心是建立以权利保障为逻辑起点的制度建构体系,由管理型立法向服务型立法转变,实现立法现代化。在处理价值位序上,将保护群众权利和公平正义放在首要位置,旗帜鲜明地以保护人民权利、追求公平正义为最优考虑。提高国家制定法的权威,既要制定法深入群众,更要司法机关注重以案普法,将庭审变成司法公开课,甚至广泛运用人民陪审员制度,让群众广泛参与到司法实践中来,在每个案件中感受到公平正义,只有这样,群众才能真正树立法治信仰,进而实现良法善治的美好愿景。公权与私权的关系一直存在曲折往返的问题。小说《审判》反映出奥匈帝国的立法不注重人权保障,肆意行使权利,随意安排审判场所,滥用审判程序,秘密执行判决,侵害公民权利,私权得不到保障。法治化的核心不仅仅是制度化,更重要的是处理好公权与私权的关系,特别是在公权与私权发生冲突时,如何平衡协调问题。同时,法律根源于市民社会,在立法过程中,要注重听取各方意见,防止脱离群众。

四要规范执法程序。执法是将书面上的法落地运行的关键。

---

① 谢冬慧:《论当代中国法治现代化的根本原则》,载《政治法学研究》,2017年第1期,第55页。

执法意识、执法程序都关乎法治现代化建设,其核心是保障群众的知情权、参与权、监督权。《审判》中的主人公约瑟夫·K被两个不明身份的人宣告逮捕,两个人执法标识不明,以致K和他的房东、他的邻居都难以判定他是否被逮捕,以及后来K在寻找法院的过程中发现,法院场所不固定、标识不明,让人们无法感受到司法权威,乃至国家权威。英国经验主义流派哲学家霍布斯和洛克强调,有必要以公权力对相互侵害的人类自然状态进行控制。然而,孟德斯鸠、麦迪逊、汉密尔顿等人则认为,一旦公权力被用以作为控制人与人之间的暴力,那么就必须控制该项权力本身,否则,专横的公权力将会替代自然状态下人与人之间的互相侵害,这个并不比自然状态要好。① 如何避免侵害公民权利,关键是规范行使公权力。我国自古就有徒法不足以自行的说法。良法是法治现代化的基础、前提,但如何实施,实现善治则是更重要的环节。我国提出法治国家、法治政府、法治社会一体建设,在全面依法治国的视域下系统化地推进法治现代化建设。特别强调加强法治政府建设,核心是规范行政权力行使、保障群众合法权益,具体体现在以下三个方面。首先,要注重标识标示化。标识标示化就是主动亮明身份,这样做既是义务,也能体现对当事人权利的尊重。近年来,我国推进各行业标识标示化管理,树立形象,接受群众监督。其次,要注重程序约束。程序是确保权力正确行使的关键。比如,在宣告逮捕犯罪嫌疑人时,必须

---

① Arthur H. Garrison, "The Rule of Law and the Rise of Control of Executive Power", *Texas Review of Law&Politics* (2014), 18(2):308-309.

宣告涉嫌的罪名、逮捕的理由。2021年新修订的《中华人民共和国行政处罚法》第四十四条规定："在作出行政处罚决定之前，行政机关应当告知当事人拟作出的行政处罚内容及事实、理由、依据，并告知当事人依法享有的陈述、申辩、要求听证等权利。"第三，要自觉接受监督。不被监督的权力，必然导致滥用。一方面，执法机关要接受当事人的监督，主动告知当事人的权利。特别是涉及权利救济方面，要告知当事人权利的内容、行使期限，以及救济形式等。如对行政机关作出的行政处罚决定不服，若行政相对人知道救济权利和途径，就可以向作出行政行为的行政机关所在地政府或其上一级机关申请复议，也可以在一定期限内向人民法院提起诉讼。这样做既有利于保障行政相对人合法权益，也树立了行政机关接受相关机关监督的信心，更会避免行政相对人因不知道救济途径而采取极端行为。处罚的本质是国家动用强制力量对公民的财产、自由予以剥夺，在赋予相关机关处罚权的同时，必须有一套理性的救济途径，否则将陷入丛林法则。K的悲剧主要原因在于，他仅是在诉讼这个单行道上行走，没有控告权、申诉权，监督机制缺乏，加上司法腐败，他在路的尽头只能选择死亡。反之，若救济途径多元化，K可以选择诉讼，也可以向司法机关以外的机关进行控告、申诉，这样他就会洗清冤屈，重获新生。另一方面，刑事强制措施事关公民人身自由，也是一把"双刃剑"，若实施正确，就能准确、及时地完成惩罚犯罪的任务，反之，则会侵犯公民人身自由权。因此，相关国家机关要树立当事人监督的意识。当侦查机关决定对犯罪嫌疑人采取拘传、拘留、监视居住、逮捕等强制措施时，应当主动告知涉嫌犯罪的罪名，以及享有聘请律师为其提供法律咨询、代理申诉、控告等权利。告知权利,接受监督也是程序正当性的必然要求,没有这样的程序保障,国家机关作出行为的合法性就会受到质疑。实践中,还存在片面观点,认为实质正义高于程序正义,只要实质上实现正义,程序方面可以忽略不计。典型案例如杜培武故意杀人案、于英生故意杀人案,都是不重视程序导致的刑事错案。侦查机关接受监督的意识极其淡薄,未告知犯罪嫌疑人权利,不认真听取犯罪嫌疑人意见,片面认为犯罪嫌疑人是狡辩,采取殴打、不让其休息等暴力手段取证。我们认为,应当将程序正义与实质正义统一起来,在程序正义中实现实质正义。在缺乏程序正义的基础上实现所谓的实质正义,经不起时间和历史的检验,既损害了公民合法权益,也影响了法律权威。

五要注重司法建设。司法是社会公平正义的最后一道防线,要加强司法队伍建设。在十八届四中全会作出的《中共中央关于全面推进依法治国若干重大问题的决定》指出执法司法不规范、不严格、不透明、不文明现象较为突出。党的十九届六中全会通过的《中共中央关于党的百年奋斗重大成就和历史经验的决议》指出:"改革开放以后,党坚持依法治国,不断推进社会主义法治建设。同时,有法不依、执法不严、司法不公、违法不究等问题严重存在,司法腐败时有发生,一些执法司法人员徇私枉法,甚至充当犯罪分子的保护伞,严重损害法治权威,严重影响社会公平正义。"法律得以良好运行取决于裁判者的良好素质,"法律是一门艺术,它需经长期的学习和实践才能掌握,在未达到这一水平前,任何人都不能从事案件的审判工作"①。法律是一种阐释性的概念②,因而,如汉密尔顿(Alexander Hamilton)所言,如果没有法院来阐说和界定法律的真正含义和实际操作,法律就是一纸空文。③ 也就是说,法官要充分发挥能动作用,把法律这种普遍的规范适用于现实社会生活。法官扮演的角色已不再是马克斯·韦伯(Max Weber)口中的"自动售货机"④——投入法条和事实,输出法律判决。法官要履行两个职责:一是查清案件事实,其基本原则是"以事实为依据",即对所争事实,根据证据取信原则,依照程序查清;二是正确适用法律,其基本原则是"以法律为准绳",即在查清案件事实的基础上,法官运用自己的法律专业知识,依据法律规定,选择并解释拟适用的法律,最后,法官将法律适用于案件,反复分析验证,做出合理判决。在《审判》中,通过摆在审判台上的污秽书籍、住在法庭的淫荡的妇人以及猥琐的法院实习生,特别是律师胡尔德与画家梯托雷里的言行,卡夫卡深刻地刻画出腐败的司法机构与贪腐的法官形象,揭露了国家制定法沦为人情关系法则的现实。此外,约瑟夫·K在诉讼中到底接受何种审判,众说纷纭,依笔者看来,其至少遭受了四种审判:群众的审判、"准司法

---

① 罗斯科·庞德:《普通法的精神》,唐前宏、廖湘文、高雪原译,北京:法律出版社,2001年版,第42页。

② 德沃金:《法律帝国》,李常青译,北京:中国大百科全书出版社,1996年版,第364页。

③ 汉密尔顿、杰伊、麦迪逊:《联邦党人文集》,程逢如译,北京:商务印书馆,1980年版,第111—112页。

④ 刘易斯·A.科瑟:《社会学思想名家》,石人译,北京:中国社会科学出版社,1990年版,第253页。

人"的审判、宗教的审判以及个人的审判。群众的审判,以女房东格鲁巴赫太太、邻居毕尔斯泰纳小姐,以及 K 的叔叔卡尔为代表,法的神秘性,导致诉讼结果难以预判。"准司法人"的审判,以律师胡尔德、为法院服务的画家梯托雷里为典型,其以个人经验为准则,根据 K 是否愿意浪费金钱和时间,乃至尊严为因素,也具有不确定性。宗教的审判,突出表现在监狱神甫的言谈中,监狱神甫以忠实履行"法院的人"的职责为由头,以道听途说的,"他们认为你有罪","不必把他(指法的'守门人'——笔者)所讲的一切都看成是真的,只需把它看成是必然的"而布道害人。K 对自己的审判,从一开始坚信自己的清白,到后来信仰破灭,进而妥协、屈从。根据无罪推定原则,任何人在未经依法判决有罪之前,都应被视为无罪;被告人不负有证明自己无罪的义务。然而,在小说《审判》中,无罪推定原则被有罪推定所代替,被告人约瑟夫·K 在一开始便被认定为罪犯,遭到逮捕,他需要寻求各方帮助来证明自己的清白,然而,一切努力都是徒劳的。从根本上说,他的诉讼权利被全部剥夺,他无法为自己进行有效的辩护,律师含糊其词、敷衍了事的态度也让他无法行使委托辩护的权利,无罪辩护就更无从谈起。因此,在司法实践中,应规范行使审判权,告知行为的依据和事由,以及当事人享有的权利,保障当事人诉讼参与权,通过程序让当事人感受到司法公正。我国过去对司法程序化建设不够重视,存在实质正义胜过程序正义的观点,但随着认识的深化,这种观点被扭转。加强司法程序化建设的基础是保障司法资源的可接近性,即国家应当保障公众可以平等地利用法院解决纠纷。当前,高昂的律师费用、诉讼费用成为群众诉求法院解决纠纷的一个阻碍因素,需要加以改进,确保人们都能够得到均等的司法救济。重点是遵守审判的程序规则。有学者认为,与程序的结果有利害关系或有可能因该结果而蒙受不利影响的人,都应该得到诉讼程序的保障,都有权参加该程序并得到提出有利于自己的主张和证据以及反驳对方提出之主张和证据的机会。[1] 此外,还要确保司法机关独立,审判不受任何非法干预,法官只依据案件事实和法律作出裁判。廉洁是司法生命线。《审判》反映的一个重要主题就是司法腐败问题,法官不廉,司法公信力就不高。因此,必须加强司法机关队伍建设,强化法官职业道德建设,严格教育和惩戒,向社会公开庭审和裁判文书,让人民群众在每一个司法案件中感受到公平正义。国家机关及其工作人员必须以身作则,遵纪守法,创设良好的法治氛围。《审判》反映出国家制定法成为人情关系法则,与法官关系亲疏决定着审判的走向。众所周知,以事实为依据,以法律为准绳,以程序为依托,这是现代法治的突出特征,也是汲取过去传统法治不足之处的进步。因此,要妥善处理法官与律师之间的关系,加强法官职业道德建设,保证法官正确履行法律赋予的职责。正如德国历史学家弗里德里希·迈内克(Friedrich Meinecke)所指出的:"凡掌权之人都不断受一种精神上的诱惑,那就是滥用权势,越过正义和道德的界限。……可以把它说成包藏于权势之中的祸

---

[1] 谷口安平:《程序的正义与诉讼》(增补本),王亚新、刘荣军译,北京:中国政法大学出版社,2002年版,第11页。

因——无法抵挡的祸因。"①思想家孟德斯鸠也曾言,一切有权力的人都倾向于滥用权力,这是一条亘古不变的经验;有权力的人使用权力一直到遇有界限的地方才休止。② 这种诱惑力不会因历史发展而绝迹。

六要提升法治信仰培育实效。法律的生命在于其实施。而为了有效地实施法律,就必须让法律抵达人心,受到人民的信仰。倘若失去人民的信仰,法律将会退化为僵死的教条。只有在全社会高度弘扬法治精神,让法律常驻人民心中,法治才能"形神兼备"。思想家卢梭也曾指出,法律不是铭刻在大理石上或铜表上,而是铭刻在公民的内心里。③ 如果人人都信仰法律,就会产生全社会共同的法律信仰,即全体民众对法律的精神、价值和规则的认知,这是贯彻落实依法治国、完善法律体系,也是建设法治国家的基础。由此可见,国家制定法不能脱离群众,要依靠群众,要依靠群众对法治的信仰、对法治的尊崇。法律的权威源自人民的内心拥护和真诚信仰。一方面,要确保法律面前人人平等,并确立和保护权利公平、机会公平、过程公平和结果公平的社会关系;另一方面,法律不能脱离现实生活,人民群众对法律的信仰是靠具体的法律在维护人民群众权益

---

① 弗里德里希·迈内克:《马基雅维里主义》,时殷弘译,北京:商务印书馆,2008年版,第67页。

② 孟德斯鸠:《论法的精神》(上册),张雁深译,北京:商务印书馆,1961年版,第154页。

③ 卢梭:《社会契约论》,何兆武译,北京:商务印书馆,1980年版,第73页。

的过程中自然形成的。法律只有内化为民众的主体意识与潜在素养,法治才具有生命力。群众反映系判断法运行实效的关键因素,法律要给人民群众带来幸福感,消除他们对法律的疑惑以及对法律的不信任。在《审判》中,K 的女房东格鲁巴赫太太、邻居毕尔斯泰纳小姐,以及 K 的叔叔卡尔都对 K 被捕一事感到奇怪,对国家制定法感到困惑与质疑。如邻居毕尔斯泰纳小姐认为法律让人难以捉摸,一方面,审查委员会找上门,表明 K 是一个有严重罪行的犯人;但另一方面,K 是自由的,表明他不可能犯那样的罪行。毕尔斯泰纳小姐对法律逻辑上的矛盾感到困惑,她无法读懂法律的精神与实质。其中缘由颇多,结合后文法院画家梯托雷里所反映的没见过一个真正无罪开释的案例来看,不当的司法程序加深了国家制定法与群众的脱离程度。文书秘密化、庭审不公开、法律文件晦涩难懂、裁判走向会因与法官关系亲疏而不同,这些法律适用不可预测性,都导致国家制定法与群众渐行渐远。在卡夫卡的世界里,人们从根本上丧失了对法律价值的信仰,不再希冀法律能带来社会秩序和社会正义。树立法律的权威性,要奉行"法律高于一切"的理念,同时坚持人民主权原则,即"一切权力属于人民"。一方面,法律是人民制定的、反映人民群众共同意志的行为规则,是社会的最高行为准则,只有依靠法律,社会才能得以维系;另一方面,只有一切权力属于人民,才能在此基础上构建"法律高于一切"的理念。习近平总书记强调,"努力让人民群众在每一个司法案件中感受到公平正义"。法律是抽象的,但适用过程是具体的、可感知的。这是坚持全过程人民民主的充分体现。在立法阶段,要注重价值分配,在执法、司法过程中,要保障群众知情权、参与权、监督权,公平公正地处理涉及群众切身利益的大事、小事、烦心事、闹心事,切实让人民群众感受到公平正义就在身边。法治文化与法治现代化相辅相成,只有以文化沃土滋养,法治现代化才能稳步前行。法治社会仅有国家的良法善治是不够的,必须有广大民众的广泛参与和积极支持,法治社会秩序需要国家和民众共同维持,才能实现法治现代化的良好状态。人民才是法治现代化最广泛、最深厚的基础。当下我国在法治信仰培育方面,存在立法、执法、司法机关分工不够明确、相互衔接不畅与群众互动不足等问题。法治文化提供了让群众认识和理解法治的框架,应该让群众参与到法治现代化建设的进程中,畅通立法、执法、司法机关与群众互动渠道,达成更多共识,促进符合实际所需的法治模式的构建。有学者认为,民众信仰法治且致力于法治是维护法治的最基础的要素,法治是民众所在的社会必要且正确的一部分,法治是共同的文化信仰。[①] 为提升我国法治信仰培育实效,笔者认为应做到以下几点。首先,要树立一体互动理念。在我国要充分发挥党的领导优势,坚持立法、执法、司法共同推进,继续统筹推进"八五"普法工作,让普法成为各环节工作的重要内容。在开展工作中引导社会价值观,培养群众的法治信仰。其次,要明确主体责任。责任是推动法治信仰培育的关键一招。持续巩固"谁执法谁普法"制度,将普法责任落实到立法、执法、司法工作中,推动全社会都重

---

[①] 胡田野:《论法治的含义及其实现路径》,载《北京警察学院学报》2015年第1期,第4页。

视普法工作。再次,要创新形式。比如,建立人民陪审制度,让群众参与庭审,近距离接触司法工作者,在履职尽责中熟悉法律,在参与中建立法治信仰。近年来,人民法院注重将庭审变成法治公开课,对社会关注度高的案件,如南京彭宇案、杭州保姆纵火案,以及近期的江歌案等,都公开庭审,举办新闻发布会,承办法官亲自答疑解惑,让群众参与执法、司法过程,阐释立法价值,引导社会舆情,不断坚定群众法治信仰。此外,法治文化的形成须要教育和文化宣传共同发力,促进形成群众办事依法、遇事找法、解决问题用法的新局面。

## 参考文献

[1] Beicken, Peter U. Franz Kafka: Eine Kritische Einführung in die Forschung[M]. Frankfurt am Main: Athenaion Verlag GmbH, 1974.

[2] Carter, Terry. A Justice Who Makes Time to Read, and Thinks All Lawyers Should, Too[J]. Chicago Daily Law Bull, 1993.

[3] Dargo, G. Reclaiming Franz Kafka, Doctor of Jurisprudence [J]. Brandeis Law Journal, 2007, 45, (1).

[4] Duttlinger, Carolin. The Cambridge Introduction to Franz Kafka [M]. Cambridge: Cambridge University Press, 2013.

[5] Garrison, Arthur H. The Rule of Law and the Rise of Control of Executive Power[J]. Texas Review of Law&Politics, 2014, 18, (2).

[6] Gáspár, Zsuzsa. Rakousko-uherská Monarchie[M]. Praha: Slovart, 2011.

[7] Glen, P. J. The Deconstruction and Reification of Law in Franz Kafka's "Before the Law" and The Trial[J]. Southern California Interdisciplinary Law Journal, 2007, 17, (23).

[8] Gross, Hans. Criminal Psychology: A Manual for Judges, Prac-

titioners, and Students[M]. Trans. by H. Kallen. Boston:Little,Brown, and Company,1918.

[9]Kafka,Franz. Franz Kafka: The Office Writings[M]. Edited by Stanley Corngold,Jack Greenberg,and Benno Wagner. Princeton:Princeton University Press,2008.

[10]Ploscowe,Morris. The Development of Present-Day Criminal Procedures in Europe and America[J]. Harvard Law Review,1935,48,(3).

[11]Politzer,Heinz. Franz Kafka: Parable and Paradox[M]. Ithaca:Cornell University Press,1962.

[12]Posner,Richard A. Kafka: The Writer as Lawyer[J]. Columbia Law Review,2010,110(1).

[13]Potter,Parker B. Ordeal by Trial: Judicial References to the Nightmare World of Franz Kafka[J]. Pierce Law Review,2005,3,(2).

[14]Robinson,M. S. The Law of the State in Kafka's The Trial[J]. ALSA Forum,1982,6,(2).

[15]Weisberg,Richard. Poethics and Other Strategies of Law and Literature[M]. New York:Columbia University Press,1992.

[16]阿尔特.卡夫卡传[M].张荣昌,译.重庆:重庆大学出版社,2012.

[17]埃班.犹太史[M].阎瑞松,译.北京:中国社会科学出版社,1986.

[18]博登海默.法理学:法律哲学与法律方法[M].邓正来,译.北京:中国政法大学出版社,2004.

[19]伯尔曼.法律与宗教[M].梁治平,译.北京:商务印书馆,2012.

[20]博西格诺.法律之门[M].邓子滨,译.北京:华夏出版社,2017.

[21]布罗德.灰色的寒鸦:卡夫卡传[M].张荣昌,译.北京:北京十月文艺出版社,2010.

[22]陈瑞华.程序正义论纲[A]//陈光中,江伟.诉讼法论丛(第一卷)[C].北京:法律出版社,1998.

[23]戴雪.英宪精义[M].雷宾南,译.北京:中国法制出版社,2017.

[24]德沃金.法律帝国[M].李常青,译.北京:中国大百科全书出版社,1996.

[25]富勒.法律的道德性[M].郑戈,译.北京:商务印书馆,2017.

[26]公丕祥.法治现代化的中国方案[J].江苏社会科学,2020(4).

[27]谷口安平.程序的正义与诉讼(增补本)[M].王亚新,刘荣军,译.北京:中国政法大学出版社,2002.

[28]哈特.法律的概念[M].张文显,等译.北京:中国大百科全书出版社,1996.

[29]汉密尔顿,杰伊,麦迪逊.联邦党人文集[M].程逢如,译.北京:商务印书馆,1980.

[30]韩思放.卡夫卡《审判》之法律观研究[D].成都:西南交通

大学,2017.

[31]何勤华,周小凡."中国特色社会主义法治理论"考[J].中国社会科学,2022(12).

[32]胡田野.论法治的含义及其实现路径[J].北京警察学院学报,2015(1).

[33]胡志明.卡夫卡现象学[M].北京:文化艺术出版社,2007.

[34]季卫东.程序比较论[J].比较法研究,1993(1).

[35]蒋晓伟.贵在信仰,重在实施[J].东方法学,2011(3).

[36]卡夫卡.卡夫卡全集[M].洪天富,等译.石家庄:河北教育出版社,1996.

[37]卡夫卡.卡夫卡集[M].叶廷芳,等译.上海:上海远东出版社,2003.

[38]卡夫卡.卡夫卡书信日记选[M].叶廷芳,黎奇,译.天津:百花文艺出版社,2005.

[39]卡夫卡.诉讼[M].张荣昌,译.北京:华夏出版社,2007.

[40]卡夫卡.卡夫卡小说全集:全3卷[M].高年生,韩瑞祥,等译.北京:人民文学出版社,2003.

[41]卡夫卡.卡夫卡中短篇小说全集[C].叶廷芳,等译.北京:人民文学出版社,2015.

[42]卡夫卡,雅诺施.卡夫卡口述[M].赵登荣,译.上海:上海三联书店,2009.

[43]科瑟.社会学思想名家[M].石人,译.北京:中国社会科学出版社,1990.

[44]昆德拉.小说的艺术[M].孟湄,译.北京:生活·读书·新知三联书店,1992.

[45]昆德拉.被背叛的遗嘱[M].余中先,译.上海:上海译文出版社,2003.

[46]拉德布鲁赫.法学导论[M].米健,译.北京:商务印书馆,2013.

[47]兰德曼.哲学人类学[M].阎嘉,译.贵阳:贵州人民出版社,2006.

[48]劳森.人权百科全书[M].汪狥,等译.成都:四川人民出版社,1997.

[49]李晓白.无法逃避的心灵审判:解读卡夫卡的小说《审判》[J].淮阴师范学院学报,2002(3).

[50]李忠敏.超越巴别塔与虚己的启示:对卡夫卡《审判》的解析[J].河南师范大学学报,2012(2).

[51]刘星.法律是什么:二十世纪英美法理学批判阅读[M].北京:中国法制出版社,2015.

[52]刘永红,聂应德.国家治理现代化视阈下法治现代化的内涵及功能[J].西华师范大学学报,2017(5).

[53]卢梭.社会契约论[M].何兆武,译.北京:商务印书馆,1980.

[54]迈内克.马基雅维里主义[M].时殷弘,译.北京:商务印书馆,2008.

[55]孟德斯鸠.论法的精神(上册)[M].张雁深,译.北京:商务

印书馆,1961.

[56]帕维尔.理性的梦魇:弗兰茨·卡夫卡传[M].陈琳,译.北京:法律出版社,2013.

[57]庞德.普通法的精神[M].唐前宏,等译.北京:法律出版社,2001.

[58]秦伟敏.法国法治现代化经验及当代启示[D].太原:山西大学,2011.

[59]萨维尼.论立法与法学的当代使命[M].许章润,译.北京:中国法制出版社,2001.

[60]三野大木.怪笔孤魂:卡夫卡传[M].耿宴平,译.北京:中国文联出版公司,1987.

[61]沈颖尹.卡夫卡悖谬艺术折射的法哲学精神:以《审判》为例[J].东吴学术,2021(2).

[62]宋冰.程序、正义与现代化:外国法学家在华演讲录[M].北京:中国政法大学出版社,1998.

[63]苏力.面对中国的法学[J].法制与社会发展,2004(3).

[64]田口守一.刑事诉讼法[M].张凌,于秀峰,译.北京:中国政法大学出版社,2010.

[65]瓦根巴赫.卡夫卡[M].孟蔚彦,译.北京:中国社会科学出版社,1992.

[66]王银宏.追寻最早的"宪法法院":奥匈帝国时期的帝国法院及其宪法审查传统[J].中国政法大学学报,2016(5).

[67]萧公权.中国政治思想史(一)[M].沈阳:辽宁教育出版

社,1998.

[68]谢冬慧.论当代中国法治现代化的根本原则[J].政治法学研究,2017(1).

[69]谢莹莹.卡夫卡《城堡》中的权力形态[J].当代外国文学,2005(2).

[70]薛波.元照英美法词典[M].北京:法律出版社,2003.

[71]亚里士多德.政治学[M].吴寿彭,译.北京:商务印书馆,1965.

[72]叶廷芳.现代艺术的探险者[M].广州:花城出版社,1986.

[73]叶廷芳.论卡夫卡[C].北京:中国社会科学出版社,1988.

[74]曾艳兵.西方现代派文学研究[M].天津:天津人民出版社,1993.

[75]曾艳兵,任龙.卡夫卡作品中的法律问题探析[J].湘潭大学学报,2020(1).

[76]曾艳兵,赵山奎.对抗与消解:卡夫卡《城堡》解读[J].国外文学,2000(3).

[77]张文显.论中国式法治现代化新道路[J].中国法学,2022(1).

[78]中共中央马克思恩格斯列宁斯大林著作编译局.马克思恩格斯选集(第3卷)[M].北京:人民出版社,2012.

[79]朱景文.法理学[M].北京:中国人民大学出版社,2008.